KB061081

돈이 있었는데요,
없었습니다

차례

Chapter 1

희喜: 기쁨

Chapter 2

로怒: 노여움

Chapter 3

애哀: 슬픔

Chapter 4
락樂: 즐거움

사촌, 아니 너도나도 대박 나서 배가 아픈 사람들에게

바야흐로 투자의 시대다. 코로나19 팬데믹과 그로 인한 생존의 위기가 4차 산업혁명을 앞당기는 대신, 투자 혁명이라는 새로운 혁명을 일으킨 것은 아닐까?

그도 그럴 것이 최근에 사람들과 이야기를 나누다 보면 어떤 대화를 하든 결국 깔때기처럼 투자 이야기로 수렴되어버린다. 2020년에 '동학개미운동'이 한창일 때만 해도 이 정도는 아니었던 것 같은데, 왜 갑자기 이렇게 많은 사람들이 투자 광풍에 휩쓸리고 있는 것일까?

나는 그것이 바로 우리 주변의 대박 난 이웃들 때문이라고 생각한다.

"내 친구의 친구 말인데, 이번에 코인으로 100억 벌었대."

"정말? 우리 회사에도 이번에 한 명 퇴사한다던데. 코인으로 20억 벌었대."

이런 이야기들을 보고 듣다 보면 코로나19 상황이 심각해지기 시작하던 무렵이 떠오른다. 솔직히, 코로나19 유행 초창기에 보통 사람들은 그것이 자신의 일이 될 거라고는 생각하지 않았다. 뉴스에 나오거나 재난문자로 날아오는 일련번호가 붙은 확진자들이 나와는 관계없는 미지의 존재처럼 느껴졌으니까.

그러나 확진자가 점점 늘어나 1,000명에 가까워지자 상황은 달라졌다. 바로 내 생활 반경에서 확진자가 생겨나기 시작한 것이다. 뉴스에 나오는, 나오는 먼 지역에 사는 사람이 아닌 바로 나와 같은 식당에서 밥을 먹은 사람, 우리 회사 다른 팀 동료, 친구의 친구 중에서 확진자가 나오기 시작했다. 이렇게 코앞까지 닥치자 사람들은 직관적으로 두려움을 느끼게 되었다.

주식과 코인 투자로 큰돈을 번 사람들도 마찬가지다. 예전에는 그들이 인터넷 커뮤니티 게시판에서나 볼 수 있는 도시 전설 같은 존재였다면, 지금은 한두 다리 정도 거치면 쉽게 찾아볼 수 있는 존재가 되었다. 친구의 친구, 사촌 동생의 지인, 고등학교 동창의 직장 동료 등 너무도 확실한 우리 이웃의 모습을 한 그들은 우리로 하여금 FOMO(Fear Of Missing Out, 다른 사람들이 모두 누리는 좋은 기회를 놓칠까 봐 걱정되고 불안한 마음)와 상대적 박탈감을 더욱 크게 느끼도록 만드는 것 같다.

'사촌이 땅을 사면 배가 아프다'는 옛 속담처럼, 엄마 아빠가 땅을 사면 배가 아프진 않겠지만 사촌 정도면 확실히 배가 아프지 않을까? 그러니 이렇게 투자로 인생 역전한 이웃들의 이야기를 들으면 처음에는 '우와' 하고 놀라다가도 결국에는 아랫배가 슬슬 쓰려온다. 그러면서 슬쩍 이런 마음이 드는 것이다.

'나도 나름대로 투자는 하고 있는데…… 나만 못 벌었나?'

'요즘은 장이 좋아서 침팬지도 매매하면 돈을 번다는데. 나

는 정녕 침팬지만도 못한 존재인가?'

언론에서도 마찬가지다. 400억을 벌고 퇴사한 직장인, 20대의 나이에 20억을 벌고 퇴사한 유튜버 등 오만 곳에서 투자로 인생을 바꿀 정도의 성공을 거둔 사람들의 이야기가 떠들썩하게 전시되고 있다. 상황이 이렇다 보니 왠지 모를 조바심이 난다. '나만 시기를 놓쳤나? 나만 불안한가? 진짜 나만 못 벌었나? 나만 이렇게 아등바등 고군분투하고 하루하루 급변하는 시장 상황에 일희일비 맥스(Max)로 휘둘리며 오늘도 걸쭉하게 욕 한 사발 하면서 술 한잔에 눈물을 훔치고 있는 건가?'

그렇지만 한편으로는 그런 생각도 든다. 투자로 억대 수익을 올린 사람을 보고 우리는 '인생 역전'했다는 표현을 쓰지만, 꼭 떼돈을 벌어야지만 인생이 바뀌는 걸까? 돈을 벌든 잃든 간에, 한 사람의 인생에서 투자를 시작한다는 것은 그 자체로 이미 인생을 바꾸는 것이 아닐까.

나만 해도 그렇다. 투자를 시작하기 이전과 이후의 내 인생은 완전히 달라졌다. 비록 야수의 심장으로 억대 수익을 올리지는 못했을지언정, 남들이 보기엔 애들 장난 같은 한없이 작고 귀여운 수익을 거두고 있을지언정. 그래도 개미에겐 개미 나름의 철학이 있고, 나는 매일의 투자에서 일상의 활력과 재미, 교훈들을 얻어가고 있다. 물론 가끔씩은 망해서 소주를 들이

켜는 순간도 있지만, 그래도 지나고 보면 모든 순간이 의미 있었다고 느낀다. 나는 인생의 축소판 같은 투자 시장에서 쓴맛과 단맛을 매일매일 익스트림하게 체험하며 오늘도 인생을 배워가는 중이다.

그러니 꼭 100억, 200억같이 입이 떡 벌어지는 수익이 아니어도 괜찮지 않을까. 하루에 몇천 원, 한 주에 몇만 원, 한 달에 몇십만 원의 작고 귀여운 수익을 올리며 살아가는 나 같은 사람들도, 원금을 잃지 않고 매일 꾸준한 수익을 내려 노력하는 것 자체만으로도 잘 해나가고 있는 것 아닐까.

이렇게 생각하며 스스로를 다독여봐도, 막상 가까이서 누군가의 투자 대박 소식이 들려오면 문득 허탈해지기도 한다. 그럴 때면 이런 생각을 해본다. 저 성공한 사람들의 화려함 뒤에는 오늘도 조용히 투자를 지속해가는 수많은 사람들이 있을 텐데. 그 누군가도 나처럼, 스포트라이트가 비추지 않는 한구석에서 이런 소외감을 맛보고 있지 않을까.

이 책은 바로 그런 사람들을 위해서 쓰기 시작했다. 비록 누군가처럼 투자로 몇십억을 벌고 회사를 때려치우지는 못했지만, 그 안에서 소소한 재미와 활력을 얻으며 열심히 살아가는 이 땅의 모든 개미 투자자들 말이다.

나는 뉴스에 나올 만큼 투자에 성공한 사람도, 당신을 배 아프게 할 만큼 투자에 성공한 이웃도 아니다. 나는 그저 당신이 들어가 있는 주식 단톡방이나 코인 텔방(텔레그램방)에서 한 번쯤은 마주쳤을 그런 평범한 사람일 뿐이다. 매일 아침 뉴스를 공유하고, 상한가 친 종목을 보며 미련 가득한 '걸무새(‘~할 걸’을 앵무새처럼 반복한다는 뜻)'가 되기도 하고, 수익률 인증샷을 공유하고, 종목 토론방에 상주하는 1인. 가끔은 웃기고 짠내 나는, 평범한 개미 투자자 1인 말이다.

그런 나를 포함해, 매일 투자하며 노력해도 아직 억대 부자는 되지 못한 동지들에게 '우리 같은 사람도 있는 거지. 그래도 돈이 투자의 전부는 아니잖아?'라는 메시지를 전하고 싶었다.

나는 자신 있게 말할 수 있다. 남의 잘된 얘기에는 배가 아프지만, 망한 얘기에는 배가 아플 정도로 웃을 수 있다고. 아무쪼록 지금부터 시작될 나의 웃픈 투자 이야기가 여러분의 찐 복통을 치유해줄 수 있길 바란다.

Chapter 1

희_喜:
기쁨

속이 쓰릴 때는
금융 치료

얼마 전에 소개팅을 했다. 나름대로 좋은 분위기로 자리가 마무리되었다고 생각했는데, 상대방에게서 애프터 연락이 없었다. 먼저 연락을 해볼까도 생각했지만, 고민 끝에 그만뒀다. 사실은 알고 있었기 때문이다. 나에게도 그 사람이 그 정도로 아쉽지는 않다는 것을.

어쩌면 상대 또한 그런 내 미적지근한 호감을 감지했을지도 모른다. 둘 다 과년한 나이이기에, 서로의 시간을 허비하기보다는 차라리 이렇게 한쪽에서 점잖게 끊어주는 게 일종의 매너인 것 같기도 하고.

누군가는 그런 생각을 하는 나를 보며 '그냥 몇 번 더 연락해서 만나보라는 거지, 누가 꼭 결혼하래? 하여튼 넌 생각이 너무 많아서 문제야'라고 일침을 날릴 수도 있다. 사실 그렇게 나를 다그치는 목소리들 중에는 나 자신의 것도 있었다. 상대에게 연락을 하지 않기로, 소개팅남에게 '까였다'는 현실을 받아들이기로 마음먹은 와중에 자꾸 가슴 한구석에서 무럭무럭 어두운 마음이 뾰족하게 자라났다.

'하여튼 난 이래서 안되나 봐.'

고작 한 사람의 선택을 받지 못한 것뿐인데 왜 이렇게 허무하게 느껴지는지. 호수처럼 잔잔하고 평온했던 마음에 갑작스레 던져진 돌멩이 하나 때문에 파문이 일어난 뒤 좀처럼 가라

앉지 않고 있었다. 그렇게 자괴감을 느끼며 스스로를 후벼 파고 있을 때였다.

갑자기 휴대폰에서 띠링 하고 알람이 울렸다. 무심코 확인해 보니 업비트 앱의 수익률 알람이 와 있었다. 며칠 전 별생각 없이 분산 투자 겸 사두었던 코인 중 하나가 무서운 기세로 실시간 급등 중이었다. 바로 알림 메시지를 눌러 업비트 앱을 켜고 벌겋게 치솟은 불기둥의 아름다운 슈팅 라인을 눈에 담은 순간, 직전까지 나를 감싸던 모든 번뇌로부터 단박에 벗어날 수 있었다.

'너무 조금 담은 거 아닌가?'

'지금이라도 조금 더 담을까?'

'일부 분할 매도 하고 밑에서 다시 살까?'

이렇게 저렇게 머리를 굴리면서 추가 매수 주문을 거는데 자꾸만 입가에 미소가 번지고 가슴이 콩닥콩닥 뛰었다. 오로지 원초적인 기쁨과 흥분으로 가득 찬 내 머릿속에 더 이상 나를 차버린 소개팅남이 머물 자리는 없었다. 마음에 강 같은 평화와 함께 깨달음이 찾아왔다.

'아, 이래서 주식, 코인 하는구나. 아까까지만 해도 분명히 속이 쓰렸는데, 이거 보고 있으니까 속이 하나도 안 쓰리네?'

그렇다. 코인 수익률이 나로 하여금 망개팅(망한 소개팅)의 고통을 잊게 해준 것이다. 그리고 사람들은 이런 현상을 '금융 치료'라고 부르는 듯했다.

금융 치료는 최근 유행하는 신조어로, 어떤 고통스러운 상황을 돈으로 이겨내는 현대인들의 모습을 재미있게 표현한 말이라고 한다. 말 그대로 아프고 지친 마음을 돈으로 치료한다는 긍정적인 의미로 주로 쓰이지만, 가끔씩은 누군가 사회 법규에 맞지 않는 행동을 했을 때 신고해서 범칙금을 내게 하는 등의 '응징' 같은 의미로도 쓰이는 것 같다(예: "신호 위반 차량 신고해서 금융 치료 좀 시켜줬습니다"). 그중에서도 내가 겪은 일은 금융 치료의 긍정적인 예에 해당한다. 아무리 지치고 힘들어도 돈 냄새만 맡으면 스크래치 난 마음이 자동으로 봉합되는 기적을 체험한 것이다.

그런데 이 금융 치료란 것은 정말로 과학적인 효과가 검증된 것일까? 돈은 정말 인간으로 하여금 모든 고통을 잊게 하는 것일까? 사실, 고통과 치료를 논하기 전에 우리에겐 이 문제와 관련하여 좀 더 친숙한 논제가 있긴 하다. 바로 '돈으로 행복을 살 수 있는가?'라는 질문이다.

《제3의 부의 원칙》이라는 책에서는 실제로 해당 주제로 연구를 했던 사례가 나온다. 심리학자 대니얼 카너먼은 '돈으로 행복을 살 수 있는가?'라는 주제로 연구를 진행했고 '어느 정

수익률에 따른 심리 상태의 변화

도는 가능하다'라는 답변을 내놓았다. 돈을 적게 버는 것이 그 자체로 새로운 슬픔을 유발하지는 않지만, 원래 있던 걱정거리를 더 강화하는 힘이 있다는 것이다.

그는 이혼한 사람들을 대상으로 전날 슬펐거나 스트레스를 받았느냐고 물었고, 그 답변은 월 소득에 따라 차이가 있었다. 월 소득이 1,000달러가 되지 않는 사람들은 51%가 스트레스를 받았다고 대답했지만, 월 소득이 3,000달러가 넘는 사람들은 24%만이 스트레스를 받았다고 대답했다.

이 연구 결과를 보면 '힘들 때 돈이 있으면 그나마 고통에 무뎌질 수 있다'라는 결론을 도출할 수 있다. 돈이 직접 행복을 가져다주진 않더라도, 적어도 고통스러운 순간에 어느 정도 감각을 마취시켜줄 수 있다. 그럼으로써 본인이 처한 상황을 좀 더 견딜 만하게 만들어주는 버팀목은 될 수 있는 존재가 바로 돈이라는 것이다.

한때 인터넷에 '샤넬백 땅바닥에 내팽개치면서 엉엉 울고 싶다'라는 글이 올라온 적이 있다. '페라리 핸들에 주먹을 쾅쾅 치며 울고, 한강이 내려다보이는 아파트에서 서울의 불빛은 너무 밝고 슬프다며 궁상을 떨고 싶다'는 그 글은 분명 읽는 사람들을 피식 웃게 하려는 의도로 쓴 글일 테지만, 나는 이제 그 글이 마냥 웃기지만은 않다. 그 글의 작성자는 사실 샤넬백을 거침없이 패대기칠 수 있을 정도의 경제력을 갖춘 사람이라면 이미 스스로의 고통에 충분히 물타기를 해서 금방 빠져나올 수 있음을 깨달은 자다. 즉, 어마어마한 통찰력을 가진 사람이었던 것이다. 돈, 어쩌면 그것만이 국가가 허락한 유일한 마약…… 아니 마취제이자 진통제라는 것을.

내가 직접 겪어보니 정말 그렇다. 금융 치료, 효과 정말 좋더라. 마음의 상처에 무뎌지게 해주는 것뿐 아니라, 물리적으로 잔고도 두둑해진다!

혹시 지금 삶에 괴로운 일이 있다면 또는 쓸데없는 잡생각이 너무 많다면, 재테크라는 이름의 금융 치료를 해보길 권한다. 꼭 주식이나 코인이 아니어도 상관없다. 본인이 '쫄리지' 않는 선에서, 무리하지 않는 선에서 감당할 수 있을 만큼의 투자를 해보는 것이다.

다만 마취제나 진통제도 정량을 지켜서 꼭 필요한 순간에 써야 위험한 상황을 방지할 수 있듯이, 금융 치료에도 너무 매달리면 인생이 망가져버릴 수 있으니 주의해야 한다. 하루 종일 코인 차트만 들여다보느라 현생이 망하거나, 운동도 잠도 잊고 매달리다가는 건강을 해칠지도 모른다. 그러니 적절하게, 남용하지 않는 선에서, 인생이 힘들 때마다 잠깐잠깐씩 스스로에게 금융 치료를 행해보는 것은 어떨까. 그렇게 금융 치료를 열심히 하면서 마음을 고통에서 거리 두기 하는 한편, 지갑도 두둑하게 채워나가자. 혹시 모르지, 그러다 보면 언젠가 샤넬백을 내팽개치면서 울게 될 날이 올지도. 적어도 그때 손에 들린 샤넬백이 그 고통의 최대치를 조금은 완화시키는 진통제가 되어줄 수도 있다.

돈으로 살 수 있는
행복도 존재한다

인터넷 명언 중에 이런 말이 있다.

'행복을 돈으로 살 수 없다고 믿는다면, 혹시 그 돈이 충분하지 않은 건 아닌지 확인해보라.'

세상에는 행복에 대한 여러 담론이 존재한다. 그중에서도 '행복은 돈으로 살 수 없다'는 말은 종종 매우 많은 사람들에게 불변의 진리처럼 받아들여진다.

나 또한 예전에는 그런 말을 믿었던 것 같다. 행복은 철저히 정신적인 것이라고 말이다. 그러나 이제는 더 이상 그렇게 생각하지 않는다. 오히려 요즘 시대에 말하는 '행복'이란 것을 추구하는 데는 상당한 돈이 필요한 게 아닌가 싶다.

행복을 돈으로 살 수 없다고 하는 이유 중 사람들이 각자 행복을 느끼는 기준이 달라서라는 말에는 동의하지만, 아무리 그렇다 하더라도 '돈으로 행복을 살 수 없다'라는 단순한 문장에는 역시 동의할 수 없다. 단지, 돈으로 행복을 사려면 스스로가 어떤 것에 행복을 느끼는지를 명확히 파악하는 노력이 선행되어야 할 뿐이다. 막상 돈을 쥐었을 때 자신이 무엇에서 가장 큰 행복감을 느끼는지 알지 못한다면 제대로 돈을 쓸 수 없고, 그것 때문에 실패하게 될 확률이 높아지니까.

내가 이렇게 이야기하면 혹자는 말한다. 돈을 많이 벌어서 집을 사고 차를 사고 명품 가방을 사도, 그렇게 물질로부터 오는 것은 일시적인 행복일 뿐 아니냐고.

그러나 나는 애초부터 행복이란 지속되는 감정 상태를 표현하는 말이 아니라고 생각한다. 인간이 원래 그렇게 생겨먹은 존재가 아닌가. 간절히 원하던 어떤 것을 손에 넣어도 잠시 기분 좋을 뿐, 그 기분이 지속되지는 않는다. 행복은 뭐랄까, 마치 사랑하는 사람과 오랫동안 관계를 지속해왔을 때의 느낌과 비슷한 것이 아닐까 싶다. 함께하는 매 순간마다 처음 본 것처럼 짜릿하게 설렐 순 없더라도, 그 사람과 함께하는 어떤 순간들 속에서 문득 '아, 나 이 사람이 있어서 정말 좋구나' 하고 깨닫게 되는 것처럼.

확실히 행복은 물건이나 형체가 있는 것으로 치환할 수 없기에 돈으로 직접 살 수 있는 것은 아니지만, 그래도 가끔은 내가 돈으로 산 것으로부터 문득문득 행복을 느끼기도 한다.

여유로운 주말, 깨끗하게 치운 내 집에서 늦은 브런치를 먹을 때. 사람들과 부대끼지 않고 추운 겨울이든 무더운 여름이든 내 차로 편히 출퇴근을 할 때. 날 좋은 날 큰맘 먹고 구매한 명품 가방을 손에 들고 가벼운 발걸음으로 집을 나설 때.

그런 순간순간들 속에서 문득 '아, 나 좀 행복한 것 같아'라는 생각이 들 때가 있다. 그렇다면 나는 행복한 것이 아닐까? 이런 마음들은 결국 돈이 가져다준 어떤 것들이 분명히 내 삶

속에 존재하기 때문에 느낄 수 있는 것이고.

그렇기에 나는 이렇게 말하고 싶다. 비록 돈으로 행복을 살 수 있다고 단언하진 못하더라도, 살다 보면 이렇게 돈으로 살 수 있는 행복도 분명히 존재한다는 것을.

날카로운
첫 단타의 추억

내가 아직 주식에 입문하기 전, 이미 주식 경력 n년 차였던 한 친구는 계속해서 내게 주식을 권했다. 지금 생각해보면 좀 더 빨리 그 친구 말을 들을 걸 그랬나 싶지만, 어릴 때부터 '주식 하면 패가망신'이라는 아버지의 지속적인 가르침에 세뇌되었던 나는 그 친구의 권유가 마치 악마의 유혹이라도 되는 것처럼 단칼에 뿌리치곤 했다.

그랬던 내가 덜컥 주식 계좌를 개설했으며, 매월 월급을 받자마자 삼성전자와 카카오를 1주씩 담는 적립식 투자를 하겠다는 포부를 밝히자 친구는 마침내 때가 왔다며 뛸 듯이 기뻐했다. 그러면서 그는 마침 좋은 건이 있다며 이렇게 권했다.

"정말 잘됐다! 오늘 내가 들은 정보가 있는데…… 너도 연습 삼아 단타 한번 쳐볼래?"

이때 나는 '단타'라는 말도 몰랐다. 주주로서는 그야말로 방금 막 알에서 껍질을 깨고 태어난 햇병아리 수준이었던 것이다.

친구의 말인즉슨, 곧 아시아나가 현대에 인수될 거라는 뉴스가 뜰 테니 오전에 아시아나 주식을 미리 사두고 오를 때 금방 팔면 된다는 것이었다. 이런 게 바로 우리 아버지가 내게 귀가 닳도록 말해왔던 도박성 매매 아닌가? 순간 경계심이 들었지만 기왕 알려준 친구의 성의를 생각해서 소액으로 들어가보는 건 경험 삼아 나쁘지 않을 것 같았다. 어차피 주식 계좌를 개설한 것만으로도 나는 이미 충분히 호적에서 파일 만한 짓을 했다. 이제 와서 죄목이 하나 더 추가된들 뭐 어떻단 말인가?

당시 아시아나IDT의 가격은 1만 8,000원이었다. 나는 시험 삼아 일단 20주만 매수해보았다. 그런데 웬걸, 사자마자 한두 시간 만에 바로 가격이 올라가는 게 아닌가? 곧장 1만 9,000원이 되길래 나는 '이만하면 된 거 아닌가?' 하고 팔아버렸다. 수수료와 제세금을 제하고 나니 '+15,000원'이라는 숫자가 실현손익란에 찍혀 있었다.

주식 계좌를 개설한 이래 처음 보는 실현손익이었다. 두 시간 만에 1만 5,000원을 벌다니! (물론 아시아나IDT는 내가 팔아버린 직후 2만 원을 넘어 저만치 날아가고 말았지만, 당시의 내게는 그게 조금도 아쉽지 않았다) 그냥 가만히 두었으면 그대로였을 돈이 순식간에 1만 5,000원이 불어난 것이다.

'이게 바로 돈 복사인가?'

이날, 처음 맛본 실현손익이라는 것에 나는 아주 제대로 뽕을 맞아버렸다. 물론 이건 내가 스스로 찾아보고 투자한 것이 아니라 멋모른 채 지인이 좋다고 해서 따라 들어갔다가 운 좋게 수익을 본 것이지만. 그래도 이 일은 내가 '월급날마다 삼성전자, 카카오 1주씩 적립식 투자하기' 이외에 다른 적극적인 트레이딩을 시도해보기로 결심하는 계기가 되었다.

실제로 나는 이날 이후부터 2020년의 다이내믹한 장에 본격적으로 뛰어들어 단타, 스윙, 테마주 등등 다양한 매매 기법을 적극적으로 경험해보게 된다. 삼성전자, 카카오 등 우량주에 묻어두고 평가손익이 오르는 걸 보는 것도 물론 좋지만, 그것보다는 당장 팔아서 내 손에 쥐는 그 '돈 복사' 맛을 어떻게든 한 번 더 보고 싶었기 때문이다. 첫 단타 익절의 경험이 나를 투자자로서 한 단계 레벨업하게끔 만드는 촉진제가 되어준 것이다.

흔히 지인 추천으로 매매를 하는 것이 패가망신의 지름길이라고들 하지만, 나는 오히려 기회가 왔을 때 스스로 부담이 되지 않을 만한 작고 귀여운 돈으로 매매를 시도해보는 것은 나쁘지 않은 것 같다. 사실, 막 주식 투자를 시작한 초보 주주들에게 잔고의 평가손익은 그다지 와닿지 않는다. 사이버 머니 같달까. 그러니 그 돈이 늘어나고 줄어들어도 생각보다 실감은 덜하다. 실제로 평가손익은 어디까지나 평가손익일 뿐, 이것을 실제의 수익으로 실현하기 위해서는 매도라는 과정이 필요하다. 팔아야 내 돈인 것이다. 대부분 우량주 위주로 포트폴리오를 구성하며 시작하는 초보 개미들에게 이것은 잘 와닿지 않는 감각일 수밖에 없다.

그러니 나는 주식을 시작한 지 얼마 되지 않은 초보 개미들도 단타 기회가 왔을 때 한 번쯤은 소액으로 꼭 시도해봤으면 한다. 아무리 작고 귀여운 수익이라도, 손에 실현손익을 쥐어 보는 것 또한 주식 초보들에게 꼭 필요한 경험이라고 생각하기에.

그러다 잃으면? 그럼 '이래서 남이 말해주는 거 생각 없이 들어가면 피 보는구나'라는, 주식 시장에서 살아남기에 유리한 경험치 하나를 적립하게 되는 것일 테고.

일도 투자도, 덕업일치

스물일곱 살의 나이에 첫 직장 생활을 시작해서 어느덧 8년이 지났다. 마케터로 첫 커리어를 시작하여 몇 번의 이직을 경험했고, 더러 직무가 바뀌기도 했다. 그중 가장 드라마틱한 변화는 6년 전쯤에 찾아왔다. 마케팅 분야 업무만 주로 해오던 내가 온라인 쇼핑몰에서 MD라는 업무를 맡게 된 것이다. 처음 MD로서 업무를 시작했을 때, 잔뜩 긴장한 내게 상사는 이렇게 말했다.

"너무 어렵게 생각하지 말고 그냥 여기서 네가 장사한다고 생각해. 네가 사장이라고 생각하고 잘 운영하면 돼."

그곳은 그다지 규모가 큰 쇼핑몰은 아니어서 잡화나 문구류 위주로 이것저것 가리지 않고 판매를 했고, 가끔은 태블릿 PC나 서적류도 판매했다. 업체로부터 들어오는 수많은 제안서를 검토하여 개중에 괜찮은 상품을 골라 매입하고, 마진을 붙여 상품을 등록하고, 프로모션을 붙여 판매하는 일련의 과정을 겪으면서 나는 '이게 네 가게라고 생각하라'던 상사의 조언을 점차 체감하게 되었다.

연차가 쌓여갈수록 책상 위에도 이런저런 물건들이 쌓여갔다. 예전부터 작고 귀엽긴 하지만 그다지 쓸모는 없는 물건들을 모으는 게 취미였는데, 그것이 MD라는 직업과 결합하여 덕업일치를 이루게 되니 어느덧 걷잡을 수 없이 불어난 것이다. 예쁜 쓰레기들로 뒤덮인 나의 책상은 종종 동료들로부터 성지 순례를 당했다. 그때마다 나는 기회를 놓치지 않고 그들에게 핀셋 영업을 하며 물건을 팔아먹곤 했다. 어찌 됐든 이 일은 대체로 내 적성에 맞았고, 그런 일련의 과정으로부터 오는 보람도 상당했다. 언젠가 나만의 쇼핑몰을 차려서 이름을 '예쓰24(예쁜 쓰레기 24)'로 지어볼까 하는 꿈을 품기까지 했다.

흔히 너무 많은 종목을 담아둔 주식 종목 포트폴리오를 백화점이나 다이소에 비교하곤 한다. 우유부단하고 소심한 나의 잔고 또한 그렇다. 해외 주식이든 국내 주식이든 상관없이 나의 잔고는 마치 다이소 매장에 진열된 오만 가지 잡화처럼 작고 귀여운 비중의 종목들로 빼곡하다. 우주 항공부터 반도체, 방산주부터 정치 테마주까지 섹터도 참 고루고루 다양하다. 나는 이렇게 다양하면서도 자잘한 내 포트폴리오를 볼 때마다 왠지 모를 기시감을 느낀다. 이거, 가만 보니 돌아가는 모습이 왠지 내가 운영하는 쇼핑몰 같지 않은가.

말하자면 내가 꾸린 투자 포트폴리오는 내가 운영하는 상점과도 비슷하다. 투자자로서 각종 뉴스를 보고 기업 분석 자료를 읽으며 매수를 검토하는 과정은 MD로서 상점에서 팔릴 만한 아이템을 조사하는 과정과 유사하다. 괜찮은 아이템을 최대한 저렴한 가격에 효율적으로 매수하고, 수요를 예측하여 재고를 비축하며, 적절한 가격에 되팔아 마진을 남기는 것이 MD 이자 투자자인 나의 일이다.

한 주를 부지런히 보내고 난 뒤 매주 금요일이 되면, 나는 그 주의 입출고 내역을 관리하듯이 매매일지 주간 리포트를 작성한다. 잔고에서 빨간색을 담당하고 있는 종목들의 매입 단가와 수량, 현재가를 하나하나 입력할 때마다 '내 인생에 이것들만큼 중요한 예쁜 쓰레기가 또 있을까, 이것들이 어쩌다 내게로 왔을까……' 하며 허세도 부려본다. 일찌감치 알아보고 포트폴리오에 편입해두었던 종목의 주가가 오를 때는, 마치 MD인 내가 신중하게 골라 매입한 아이템이 대박 나서 매출이 팍팍 오를 때처럼 기쁘다.

직장인이 투자를 한다고 할 때 투자가 가장 적성에 맞는 직업은 무엇일까? 누군가는 경제학자라고 하고, 누군가는 영업자라고 하고, 누군가는 마케터라고 한다. 이 질문에 대해 지극히 개인적으로 답을 내리자면 그것은 바로 MD 같다.

MD라는 직업은 끊임없이 트렌드를 접하고 빠르게 변화하는 고객의 반응을 주시하는 와중에 상품의 특징을 파악해야 하며, 그것을 고객에게 설득력 있게 제시할 줄 알아야 한다. 무엇보다 MD들은 숨 쉬듯이 모든 것의 가치를 숫자로 측정하는 사람이다. 이 물건에 얼마의 마진을 붙이면 적절할지, 얼마만큼의 수량을 매입해야 할지, 어느 정도 기간 내에 목표 판매량에 도달할 수 있을지를 계속해서 예측하여 시나리오를 세우고 계획을 실행해나가는 사람들인 것이다. 그리고 이와 같이 무엇이든 가치를 따져보고 시나리오를 만들어가는 습관은 투자자들에게 늘 권장되는 바람직한 습관이기도 하다. 나는 별다른 노력을 하지 않고도 MD로 일하는 과정에서 자연스레 투자자의 태도를 섭렵한 것이다.

누군가 내게 "전업 투자자 하고 싶지 않아?"라고 물어올 때마다 매번 바로 아니라고 대답할 수 있는 이유도 어쩌면 바로 여기에 있는지 모르겠다. MD라는 직업인으로서의 내 경험이, 주식이 뭔지도 잘 모르면서 덜컥 이 세계에 뛰어들었던 내가 그럭저럭 헤매지 않고 성공적으로 수익을 낼 수 있도록 도움을 주었다고 생각하니까.

MD로서의 나와 투자자로서의 내가 서로 적절한 시너지를 내고 있는 현재의 상태에 나는 만족한다. 나는 MD로서도, 투자자로서도 완전한 덕업일치의 삶을 살고 있다.

수렵 채집 시대에서

농경 시대로

주식 트레이딩을 본격적으로 시작한 초창기, 지금보다 훨씬 작고 귀여운 시드를 굴렸던 나는 단타 치는 스케일마저 작았다. 장기 투자나 스윙으로 돈을 묶어두기보다는 하루에 커피한 잔 값 정도를 벌기 위해 1일 1익절을 원칙으로 날마다 매매를 했다.

그러다 보니 자연스럽게 주식으로 익절한 돈만큼을 생활비로 사용하는 습관이 생겼다. 1만 원을 벌었으면 1만 원만 썼고, 5,000원을 벌었으면 5,000원어치만 먹었다. 그리고 못 벌었으면 그냥 안 먹었다. '벌지 못하는 자, 먹지도 말라' 했으니까. 어쩐지 그런 내 모습이 수렵 채집으로 밥 벌어 먹던 원시 시대 사람 같아서 주변에 대고 장난스레 '나는 수렵 채집 시대 사람들처럼 매매한다'고 드립을 치곤 했다.

지금에 와서 돌아보면 그런 매매법이 가능했던 것은 2020년의 장이 워낙 특수한 상승장이었기 때문인 것 같다. 3월 19일쯤 코스피 지수가 1,400까지 내려간 이후, 지수가 3,000을 돌파하기까지 1년이 채 걸리지 않았으니까. 그러니 당연히 매일매일 아무 종목이나 대충 단타를 쳐도 웬만큼은 익절할 수 있었다. 그러나 어느 정도 시간이 지나자 이런 방식에 다소 한계를 느끼게 되었다. 매일매일 5,000원, 1만 원씩 생활비 느낌으로 버는 것도 좋았지만, 내가 매일 5,000원 벌겠다고 단타 칠 종목을 찾기 위해 들이는 시간과 에너지에 비해 수익의 가성비는 조금 떨어진다는 생각이 들었던 것이다.

그래서 나는 조금씩 매매 횟수를 줄이기 시작했다. 매일 수익을 내야 한다는 압박에서 벗어나니 조금 더 신중하고 편안한 마음으로 종목을 골라 투자할 수 있었다. 그렇게 하다 보니 전반적으로 투자하는 태도에 여유가 생겼다. 예를 들어 특정 종목의 주가가 상승 중일 때, 추가적인 주가 상승이 기대되는 상황에서 마음 놓고 기다릴 수 있게 된 것이 그런 경우다. 수렵 채집 매매를 하던 시절이었다면 5%만 올라도 당장 밥값 벌겠다고 팔아버렸을지 모른다. 그런 점에서는 확실히, 하루 벌어 하루 먹고사는 것보다는 조금 기다렸다가 크게 먹는 게 나았다.

또한 단기 수익을 위해 사람들이 좋다는 종목에 쫓아 들어가거나 하루에도 몇 번씩 팔까 말까를 고민하는 등 쓸데없이 에너지를 낭비하는 일이 줄었고, 시간적으로도 여유가 생겼다. 예전에는 매일 하도 샀다 팔았다 해서 매매일지를 작성하는 데만 20분 넘게 걸려 퇴근 후에 진이 다 빠졌었는데, 최근에는 점점 간결해져서 다 쓰는 데 5분도 채 걸리지 않는다.

이렇게 매매 횟수를 줄이는 과정에서 뜻밖의 수확을 얻기도 했다. 매매 횟수를 줄이고자 이런저런 시행착오를 겪다 보니, 결국 매매 횟수를 줄이는 가장 좋은 방법은 남에게 휘둘리지 않고 소신껏 투자하는 것임을 깨달은 것이다. 내가 신뢰하는 사람이라면 항상 내 눈에 보이지 않아도 불안하지 않은 것처럼, 애초에 매일 들여다보지 않으면 마음이 놓이지 않을 정도로 나를 불안하게 하지 않을 종목을 골라 투자하는 것이 결국은 나도 편하고, 또 효율적인 방법임을 알게 되었다. 나의 주식 멘토인 샌드타이거샤크 박민수 님도 1년에 10일만 매매한다고 한다. 그렇게 해도 매년 수익률이 100%가 넘는다 하니, 확실히 매매 횟수와 수익률은 큰 상관이 없는 것이다. 전문가들이 백날 말해줘도 깨닫지 못했을 주식 투자의 중요한 원칙을, 귀차니즘을 극복하는 과정에서 알게 된 셈이다.

그러다 보니 지금은 확실히 초창기에 비해 매매 횟수가 엄청 줄었다. 예전에는 마치 분리불안증처럼 시도 때도 없이 MTS 앱을 들여다봤는데, 요즘에는 아예 까먹고 로그인하지 않는 날도 있다. 나는 확실히 좀 덜 들여다보고, 진득하게 묻어두고, 때에 맞춰 익절하는 최근의 방식이 더 바람직한 것 같다. 초창기의 내 매매법이 수렵 채집 시대의 생활 양식 같았다면, 지금은 씨 뿌려놓고 적절히 돌보다가 때맞춰 수확하는 농경 시대 스타일로 매매를 하고 있는 셈이다.

주식 투자에는 이 세상 사람들의 머릿수만큼이나 많은 방법이 있는 것 같다. 처음 주식에 입문한 뒤 서점에만 가봐도 알 수 있다. 주식·재테크 서가에 꽂힌 수많은 책들이 강력하게 자기주장을 펼친다. 누구는 거래량으로 단타를 치라 하고, 누구는 농부의 마음으로 장기 투자 하라고 하고, 누구는 배당주에 '몰빵'하라 한다. 그러니 나에게 딱 맞는 마음 편한 투자 스타일을 찾으려면 일단은 이것저것 시도하고 스스로 시행착오를 겪어보는 수밖에 없다. 이 또한 어차피 절대적인 정답은 존재하지 않는 세계이니, 나에게 맞는 매매법을 찾으려 굳이 억지로 노력하기보다는 그때그때 내 마음이 편하고 내 스타일에 맞는다고 생각되는 방식을 시도해봐야 하는 것 같다.

　나로서도 최근에 정착한 이 농경 시대 매매법이 또 얼마나 갈지는 모르겠다. 그래도 당분간은 이렇게 막 농사에 눈뜬 인류 최초의 농사꾼과 같은 마음으로 투자를 해보고자 한다. 모르지 뭐, 인류의 역사처럼 나의 매매법도 꾸준히 진화하여 3차, 4차 산업혁명을 겪게 될지도. 프로그램 매매나 AI 투자의 세계에 발을 들이게 되지 않을까 하는 생각도 하긴 하지만…… 아직은 먼 훗날의 이야기인 것 같다.

매매일지를 쓰는
매일의 습관

:: 평균단가에 대한 집착 벗어나기

내가 퇴근하고 집에 들어와 씻고 나면 가장 먼저 하는 일이 있다. 바로 컴퓨터를 켜서 그날의 매매일지를 작성하는 것이다. 2020년 4월에 처음 매매일지를 작성하기 시작한 이후로 단 하루도 빼먹지 않은, 투자자로서의 필수 루틴이다. 벌어도 쓰고, 못 벌어도 쓰고, 아파도 쓰고, 술을 마신 다음이라도 꼭 쓴다. 무엇을 하든 쉽게 질리는 성격 때문에 평소에 일기는커녕 스케줄러도 제대로 작성하지 못하는 내가 매매일지만큼은 꾸준히 쓰고 있다는 사실이 스스로도 신기하긴 하다.

내가 이렇게 천성을 거스르며 매매일지를 성실하고 꾸준하게 쓰는 이유는 지극히 단순하다. 이걸 쓰는 게 투자에 확실히 도움이 되기 때문이다. 특히 매매일지를 쓰면서 얻은 가장 큰 수확은 바로 평단(평균단가)에 대한 집착을 버리게 되었다는 것이다. 사실, 주식 시장에서의 많은 문제점이 바로 평균단가에 대한 집착에서 비롯된다. 평균단가를 낮추고 싶어서 물타기를 하고, 평균단가가 아쉬워서 손절이 필요한 시기를 놓치기도 하니까.

평단에 집착하지 않으려면 보다 세심하게 분할 매수, 분할 매도를 할 필요가 있다. 그래서 나는 매매일지를 쓰기 시작했다. MTS 앱 인터페이스에 표시되는 평균단가는 최종적인 평균단가만 보여주는 형태라 관리가 쉽지 않아 내가 별도로 분할 매수가와 매도가를 따로 상세히 기록해두어야겠다고 생각했다. 어떤 장에서도 유동적으로 대응하려면 평균단가가 아닌 그 안에 쌓여 있는 '매수가의 지층', 즉 히스토리를 봐야 했기 때문이다.

예를 들어 수수료, 제세금을 다 고려하지 않고 단순히만 계산해봤을 때, 어떤 종목을 2,000원에 10주, 1,000원에 10주를 샀을 경우 평균단가는 1,500원이다. 이후 이 종목의 주가가 500원까지 떨어졌을 경우, 10주를 다시 추가 매수 했을 때의 평균단가는 대략 1,160원이 된다.

이때 해당 종목의 주가가 900원까지 올라왔으나 시장의 상황이 좋지 않아 추가적인 하락이 있을 수 있다는 판단이 든다. 이 경우 더 이상 비중을 늘리고 싶지 않다면, 500원에 추가 매수 했던 10주만 900원에 매도하면 된다.

그렇게 되면 MTS 앱의 실현손익 메뉴에서는 총평균단가를 기준으로 −2,600원의 손실이 발생하지만, 해당 추매분만 따로 떼어놓고 생각해보면 나는 4,000원의 분할 매도 수익을 챙긴 것이다. 현금 보유액이 제한적일 경우, 이렇게 몇 번 분할 매수와 분할 매도를 반복하다 보면 비중은 유지하면서 평균단가를 낮출 수 있다. 그리고 이렇게 하다 보면 결과적으로 나중에 해당 종목에서 기다렸던 슈팅이 나올 때 더 큰 수익으로 만회할 수 있게 된다.

이렇게 나는 MTS 앱에서는 마이너스이지만 실제로는 마이너스가 아니라는 걸 스스로 정확히 파악하기 위해서 매매일지를 썼다. 그리고 이렇게 매매일지를 이중 장부(?)처럼 활용하면서부터 애초의 의도대로 점차 평단에 대한 집착을 내려놓고 좀 더 편하게 분할 매수와 분할 매도를 할 수 있었다.

나의 경우에는 이와 같은 특수한 목적이 있었지만, 대부분의 투자자들이 매매일지를 쓰는 가장 일반적인 이유는 포트폴리오 관리와 매매 복기를 위해서일 것이다. 포트폴리오 현황을 파악하고, 그날그날의 매매를 돌아보면서 보완점을 찾고 내일을 준비하기 위해서인 것이다.

주식 투자를 학교생활에 비유해볼 때, 주식 투자와 관련된 책이나 영상을 보며 공부하는 것은 강의를 듣는 단계에 가깝다. 주식 관련 뉴스를 읽고 종목을 찾아 직접 투자하는 것을 실습이라고 한다면, 매매일지를 쓰는 것은 과제 수행 후 리포트를 작성하는 것과 비슷하다. 막연한 이론으로만 접했던 것을 실제로 내가 투자하는 데 접목해봤다면 그것에 대해 복기하고 정리하는 시간이 꼭 필요하다. 투자를 통해 수익을 얻었든 손실을 입었든 간에 매매일지를 작성하지 않는다면, 독후감을 작성하지 않은 책처럼 시간이 지날수록 그저 흐릿한 기억으로만 남게 될 것이다. 그러니 투자자라면 매매일지를 간단한 형태로라도 꼭 기록해보길 권한다. 지금 당장은 도움이 되지 않는 듯해도 매일 쌓인 습관은 언젠가 결정적인 순간에 반드시 큰 도움이 되어줄 것이다.

사실 나도 아직까지는 시장과 더듬더듬 겨루며 배워가는, 매일매일 학습의 기록 같은 매매일지를 쓰고 있다. 트레이딩을 하는 사람으로서, 언젠가는 김동조 트레이더의 《모두 같은 달을 보지만 서로 다른 꿈을 꾼다》라는 인사이트가 가득한 책처럼 근사한 글을 남기는 것이 나의 목표다.

+

나의 매매일지 작성법

매매일지를 쓰는 데는 다양한 방식이 있는데, 나는 주로 아래 규칙에 따라 기록하고 있다.

- 필수 구성 요소: 종목 개요, 매수/매도 수량 및 사유, 수익률, 현재 평균단가 및 보유 수량.
- 클라우드 문서 편집 서비스를 이용한다: Office 365나 드롭박스, 구글 드라이브 등으로 만들어두면 어떤 단말기에서도 편집 및 수정이 가능하다.
- 당일 일어난 모든 거래에 대해 시간대순으로 한 행 한 행 직접 기록

한다 : 하나하나 따라서 쓰다 보면 학창 시절에 깜지를 쓰거나 필사를 할 때처럼 좀 더 선명하게 기억에 남는 것 같다.

- 추가 매수분 분할 익절의 경우 앱 기준이 아닌 '익절'로 기록한다 : 스스로의 결정에 확신을 주고 지속적으로 동기를 부여하기 위해서다.

- 주 1회 해당 주의 매매를 정산하는 주간 보고서를 작성한다 : 주간 보고서를 작성한 후에는 보유 종목 중 수익률 최상위와 최하위 종목을 3종씩 뽑아서 각각 비중을 점검한다.

- 단지 매매 내용만 쓰는 것이 아니라 그날 있었던 주요 이슈나 느낀 점도 함께 기록한다.

- 다음 날 전략이나 시나리오가 필요할 경우 미리 작성하여 아침 출근 길에 체크한다.

박수 칠 때 떠나는 '줄먹'의 기술

투자 시장에서 흔히 쓰는 말 중에 '줄먹'이라는 말이 있다. '줄 때 먹자'의 줄임말로, 투자한 자산이 수익권에 올라왔을 때 팔아서 수익 실현을 해야 한다는 뜻이다.

사실, 실현하지 않은 이상 평가손익 자체는 사이버 머니에 불과하다. 그러니 투자를 하는 도중 주가가 오르면 적당한 때를 골라 매도를 통해 현실에 존재하는 자산으로 실현해줘야 한다. 그런데 이게 참······ 매수할 때는 손이 잘도 나가는데, 이상하게도 매도를 언제 해야 할지 그 타이밍은 잡기가 어렵다. 오죽하면 '매수는 기술, 매도는 예술'이라는 말이 있겠나.

매수보다 매도를 결정하는 것이 훨씬 더 어렵게 느껴지는 이유는, 매도라는 행위로 그동안 잠재 영역에 머물러왔던 수익을 확정 짓는 순간 욕심을 컨트롤하기가 더 어렵기 때문이다. 개미 투자자들은 큰 욕심 부리지 말고 '무릎에서 사서 어깨에서 팔라'고 하지만 글쎄, 무릎에서 사서 머리 꼭대기까지 버텼으면 머리가 하나 더 생겨나길 바라는 게 인간의 욕심 아닐까. 다만 그 욕심을 자제하고, 적당한 시기에 '그래, 그냥 줄 때 먹자' 하는 마음으로 만족할 줄 아는 것이 성투의 비결일 것이다.

이와 같은 줄먹은 오래가는 투자자로 살아가기 위해 굉장히 중요한 것 같다. 그렇게 한번 매도 타이밍을 놓쳐버리면 '본전'의 기준 자체가 올라가버리기 때문이다. 예를 들어 주가가 급등했다가 조정받고 내려온 종목을 보유하고 있다고 가정해보자. 현재 기준으로도 10% 수익 중이고, 목표했던 수익률을 훌쩍 넘었음에도 '아, 지난주에 수익률 50% 찍었었는데 그때 팔걸' 하는 걸 무새로 변신한다. 이후 20~30%까지 수익률이 올라가도 만족스럽지가 않다. 얼마 전에 잠깐 찍고 내려왔던 최고점이 본전 같고, 거기까지 가면 또 그간 '존버'한 시간이 아까워서 더 버텨봐야지 싶다. 하지만 그러는 과정에서 주가가 추가적으로 하락해 손해를 볼 수도 있고, 아니면 좀처럼 수익 실현을 못 하고 돈이 묶여버릴 수도 있다. 확실한 건, 그렇게 생각하면서 스스로 스트레스를 받는다는 것이다.

줄먹을 잘 못 하는 사람들을 위한 꿀팁이 있다. 바로 '캡처 매도법'이다. 수익률을 캡처해서 동네방네 자랑하고 싶은 마음이 들 때, 스크린샷을 찍고 매도 버튼을 눌러버리는 것이다. 이거 참 좋은 방법인 것 같다. 그 숫자밖에 없는 재미없는 MTS 화면을 캡쳐해서 공유하고 싶을 정도라면 진짜 드문 케이스라는 것 아닌가. 수익률이 높거나, 운이 좋았거나. 이것이야말로 진짜 박수 칠 때 떠나는 줄먹의 기술이다.

그러니 모쪼록 너무 큰 욕심으로 수익을 놓치지 말고, 적절한 타이밍에 캡처 매도로 줄먹 신공을 발휘해보자. 가야 할 때를 알고 떠나는 자의 뒷모습은 언제나 아름다운 법이니까.

YES or YES

궁극의 분산 투자법은 무엇일까? 나는 바로 나이팅게일 매수법이라고 생각한다. 이는 카카오TV의 주식 투자 예능 〈개미는 오늘도 뚠뚠〉에서 딘딘이 행했던 매수 작전을 지칭하는 말이다.

코로나 백신과 치료제 개발을 둘러싸고 제약회사들의 주가 급등 러시가 춘추전국시대처럼 혼란스럽게 이어지던 때였다. 〈개미는 오늘도 뚠뚠〉 미국 주식 편에 출연한 딘딘은 코로나 백신 테마주인 모더나 종목을 매수하면서, 동시에 코로나 치료제 테마주인 길리어드 사이언스도 매수했다. 그러면서 그는 이렇게 말했다.

"저는 망해도 됩니다. 아무나 이겨서 망할 코로나만 없애주세요."

보통 A 아니면 B의 상황일 때, A든 B든 하나를 선택하지 않고 '반반 베팅하겠다'고 결정하는 것은 비겁하고 용기가 부족한 행동으로 보이기도 한다. 그렇지만 딘딘은 그것을 '코로나를 끝낼 수 있다면'이라는 인류애로 포장하여 당당하게 그 소심한 행동을 해낸 것이다. 그래서 제작진은 이 '난 둘 다' 매수법에 '나이팅게일'이라는 이름을 붙여준 것일 테고.

사실, 주식 투자를 하다 보면 자신이 믿는 시나리오에 따라 필연적으로 둘 중 하나를 선택해야 하는 타이밍이 찾아온다.

A 아니면 B, 반드시 둘 중 하나만 선택해야 큰돈을 벌 수 있는 그런 OX 퀴즈 같은 상황 말이다. 이럴 때 도저히 둘 중 하나를 고를 수 없다면, 차라리 욕심을 조금 덜어낸 다음 양쪽에 반씩 묻는 나이팅게일 매수법이 유효할 수 있다. A 아니면 B의 상황에서 양쪽에 반씩 투자하면 어쨌거나 반은 잃어도 반은 버는 것 아닌가? 한 방에 베팅에 성공하여 큰 수익을 볼 욕심만 안 부리면 이것도 꽤 괜찮은 방법이다. 궁극의 안전 지향적인 분산 투자니까.

나 또한 평소에 나이팅게일 매수법을 애용하는 편이다. 내 포트폴리오에는 북한과 관계가 나쁠 때 주가가 치솟는 방산주와 반대로 북한과 화해 무드일 때 주가가 치솟는 대북주가 항상 함께 들어 있다. 코로나19가 끝나면 수혜를 볼 것이 확실한 항공주, 테마주와 코로나19가 지속되는 상황에서 수혜를 보는 키트주도 같이 들고 있다. 정치적인 성향에는 전혀 관계없이 대선 후보 테마주도 여러 개 고루고루 사두었다. 이 중에 누가 대박이 터질지는 모르니 일단 분산 투자 해두는 것이다. 심지어는 대체육 관련 종목인 비욘드 미트에 투자하는 동시에 한우 자산에 투자하는 새로운 플랫폼인 뱅카우에도 투자를 하고 있다. 좀 모순적이긴 한데, 어차피 인생은 결국 모순과 싸우는 거 아니겠나.

내가 이렇게 나이팅게일 매수법으로 베팅하는 종목들은 장기 투자로 모아갈 만한 것은 아니고, 테마나 뉴스에 따라 급등하는 경향이 있는 변동성이 큰 종목들이다. 애초에 몰빵을 안하고 전체 잔고 비중의 일부로 재미 삼아서 하니까 가능한 것도 같다.

내가 나이팅게일 매수법을 이용하면서 가장 크게 느낀 점은 뭔가 하나를 선택해야 한다는 압박에서 벗어나니 스트레스도 덜하고, 무엇보다도 박애주의가 길러진다는 것이다. 각각 쪼개 사느라 얼마 매수하지도 않은 주제에 '너희가 어떤 선택지를 골라봤자 결국은 내 손바닥에 있다!'라며 전지전능한 존재가 된 듯한 느낌도 약간 든다. 그래봤자 몇십만 원 수익이고, 몇십만 원은 잃겠지만. 그래도 상승장이 찾아왔을 때 어느 쪽에서도 소외되고 싶지 않은 나는 오늘도 '둘 중에 하나만 골라, Yes or Yes!'를 외쳐본다.

내 이름은 100비녀

나에겐 주식을 하다 생긴 별명이 있다. 바로 '100불녀'다. 주식 투자를 할 때 특정 종목의 수익률이 100%가 될 때마다 1주씩 불을 타는 습관을 보고 친구가 붙여준 별명이다.

'불타기'라는 말은 주식 용어로, 일찍이 매수해서 수익을 내고 있는 보유 종목의 주식을 평균단가 위에서 추가 매수 하는 것을 의미한다. 보통은 반대말인 '물타기'라는 용어가 더 익숙한데, 물타기의 목적은 손실을 보고 있는 종목을 평균단가보다 낮은 단가에 추가 매수 하여 평균단가를 낮추고, 궁극적으로는 해당 종목으로부터의 탈출을 용이하게 하는 데 있다. 다만 주가가 하락 중인 종목을 매수하면서 비중을 늘리는 것이다 보니 덮어놓고 물 타다 보면 어느새 감당할 수 없을 정도로 손실이 커지기도 한다. 그래서 바람직한 방법으로 권장되지는 않는 편이다.

그러나 불타기의 경우는 다르다. 평균단가는 현재 주가에 비해 낮으면 낮을수록 수익률에는 유리하지만, 해당 종목에 투자하려고 넣어둔 시드 머니의 절댓값이 작다면 수익률이 아무리 높아도 수익금은 낮을 수밖에 없다.

그래서 한창 기세 좋게 상승하고 있고 호재와 실적이 뒷받침되어 앞으로도 충분한 상승 여력이 있다고 판단되는 종목의 경우, 현금 보유액에 조금 여유가 있다면 추가로 매수하여 시드의 규모를 키우는 것이 좋은 전략일 수 있다. 다만 불타기의 경우 비중과 추가 매수를 결정하는 금액에 따라서 평균단가가 높아지는 만큼 수익률이 확 낮아질 수 있기 때문에 그 진입 시점을 현명하게 선택해야 한다.

따라서 불타기를 할 때는 물타기에 비해 고려해야 할 점이 많다. 내가 불을 탄 이후에도 여전히 상승 여력이 유효한지, 재료와 종목, 혹시라도 현재 주가에 거품이 끼진 않았는지를 점검해야 하고, 불을 탄 이후 평균단가가 어떻게 될지, 예상 수익률이 어떻게 될지 계산해봐야 한다. 또한 내가 불을 탄 이후 시세가 하락할 경우 스스로 어느 정도 선까지 하락을 감당할 수 있는지도 한번 생각해봐야 한다.

그래서일까, 유튜버 뉴욕주민은《디 앤서》라는 책에서 이렇게 말한 바 있다.

"정말 어려운 일은 수익이 나고 있는 상황에서 성급한 매매를 하지 않고 단계적으로 포지션 규모를 늘리는 일이다."

정말 공감한다. 차라리 물타기나 수익 실현은 그나마 좀 생각하기 쉬운데, 수익이 나고 있는 상황에서 불타기를 하기 위한 적절한 타이밍을 찾기는 정말 어렵다. 그래서 나는 이 문제에 대해 최대한 단순하게 생각하고 결정을 내릴 수 있는 방법을 고안해냈다.

먼저, 그동안 내가 주식 투자를 하면서 화면을 캡처해서 자랑하고 싶었던 수익률이 어느 구간이었는지 생각해봤다. 답은 금방 나왔다. 두 배, 즉 100%. 나는 내가 특정 종목에 묻은 시드 머니가 두 배가 되는 순간이 제일 기뻤다.

주식으로 돈을 버는 것을 속칭 돈 복사라고 하는데, 기왕이면 넣은 돈이 두 배가 되는 것이 복사 느낌 제대로 아닌가. 그래서 나는 100%라는 기점을 돈 복사의 상징적 기점으로 설정하고, 100%가 될 때마다 캡처 인증샷을 한 장씩 남긴 뒤에 불을 타기로 결심했다. 그렇게 수익률 100%를 찍은 인증샷은 친구들과의 단톡방과 현재 참여 중인 주식 스터디 방에 올렸다. 100%를 찍었으니 이제 추매를 하겠다는 선언과 함께.

이렇게 딱 100% 찍으면 불타야겠다는 생각으로 수익률이 그 지점에 도달할 때까지 기다렸다가 1주씩 불을 탔더니, 불타기에 대해 이것저것 복잡하게 계산하고 생각할 필요가 없었다. 일단 100% 수익률에 도달했던 주식 종목에 불을 타면 최종 수익률이 낮아지긴 하지만, 그래도 어쨌든 100%를 한번 찍어봤다는 생각에 별로 아쉽지 않았다.

그리고 일단 100% 수익률을 찍은 종목은 불을 탄 이후에 하락을 해도 여간해서는 내 평균단가 이하로는 잘 내려오지 않았다. 결국은 주식 시장에서도 '될 놈 될'이라며, 한번 100%

를 찍었던 놈들은 앞으로도 다시 내게 100%라는 수익률로 보답할 것 같은 느낌이 들기도 하고.

내가 이렇게 차근차근히 모아가는 종목이 효성티앤씨라는 종목이다. 2020년 9월에 간을 본다는 생각으로 처음 1주를 매수할 때만 해도 9만 7,000원이었는데 웬걸, 수익률이 쑥쑥 오르더니 금세 100%를 찍었고, 100% 수익률을 기록할 때마다 1주씩 추매를 했더니 2021년 6월에는 종가 89만 6,000원에 9주를 보유하게 되었다. 만약 100% 불타기를 하지 않았더라면 지금 수익률이 거의 1,000%에 육박했겠지만, 틈틈히 100% 불타기를 해온 지금의 결과만큼 수익금이 크진 않았을 것이다.

소액으로 몇백 퍼센트 수익률을 내는 것도 중요할 수 있지만, 그냥 이렇게 100%를 돌파할 때마다 한 번씩 계단식으로 시드와 비중을 서서히 키우는 것도 좋은 것 같다. 중요한 건 수익률 퍼센트 자체가 아니고, 내가 얼마나 신중히 리스크를 관리하며 차근히 비중을 늘려왔느냐이니까.

스스로의 깜냥만큼 발을 디뎌보고 100%의 수익률로 '인증' 절차를 거쳐서, 안심이 되면 조금씩 늘리는 이 방식이 내게는 마음 편하고 잘 맞는다. 무엇보다 이 정도 수익으로도 나는 만족한다.

나는 주식으로 인생 역전을 노리는 것도 아니고, 부귀영화

를 노리는 것도 아니다. 그저 내 깜냥만큼 투자하고, 그로부터
소소한 수익을 얻을 수 있으면 충분하니까.

주식과
돈만 있다면 어디든

.. 돈 버는 게 취미인데요

2009년 대한민국을 휩쓸었던 드라마 〈꽃보다 남자〉에는 각종 오글거리는 명대사가 넘쳐났다. 그중 하나가 바로 당시 전 국민의 서브 남주였던 지후 선배가 주인공 금잔디를 요트에 태우며 한 이 대사다.

"흰 천과 바람만 있으면 어디든 갈 수 있어."

나는 그 대사를 이렇게 바꾸고 싶다.

"주식과 돈만 있으면 외로움을 잊을 수 있어."

정말 그러하다. 주식에 과몰입한 자로서, 요즘 나의 취미는 온통 주식이니까. 일을 마치고 집에 오면 찾아보는 것들이 하나같이 주식 관련 뉴스이고, 수많은 재테크 관련 단톡방에서 수다를 나누다 보면 어느새 시간이 훌쩍 가버린다. 이렇게 몰입해서 정성과 시간을 들이고 그 과정에서 재미도 옴팡지게 느낀다. 하지만 그럼에도 불구하고 막상 누군가 내게 취미가 뭐냐고 물어올 때 "전 돈 버는 게 취미인데요"라고 대답하는 것은 조금 망설여진다. 너무 돈밖에 모르는 각박한 삶처럼 보이지 않을까 하는 걱정에 나도 모르게 자기 검열을 하는 것 같다.

그렇지만 취미가 재테크여서는 왜 안 된단 말인가? 국어사전에서 취미라는 단어를 찾아보면 '전문적으로 하는 것이 아니라 즐기기 위하여 하는 일'이라고 나온다. 그런 맥락에서라면 나의 재테크도 분명 취미가 될 수 있다고 생각한다. 나는 돈 버는 게 취미지만, 그것이 내 인생을 삭막하게 만들지는 않는다.

재테크를 하기 위해 투자를 하고, 세상에서 일어나는 일들을 영화나 소설보다 재미있게 관전하며, 그로부터 의미를 찾아나가는 이런 일련의 과정들을 부지런히 해나가다 보면 시간이 훌쩍 지나간다. 그러는 동안 내 세계와 취향이 새로운 영역으로 확장되기도 한다. 투자를 하는 과정에서 평소에는 관심 없던 분야에 호기심을 갖게 되기도 한다. 일례로 예전엔 금융이나 시사 관련 콘텐츠들에는 좀처럼 몰입하지 못했었는데, 최근에는 그런 주제를 다루는 콘텐츠도 재미있게 보게 되었다. 우주 항공 테마주와 스마트팜 관련 산업에 대한 투자는 내가 직접 스마트팜 기술로 집에서 허브를 재배하는 새로운 취미로 확장되었다.

몰입하여 돈을 추구하는 과정에서 나의 세계가 넓어진다. 세상에 이토록 생산적인 취미가 또 어디 있단 말인가. 돈은 정말 최고의 동기부여 수단이다. 이렇게 시간을 보내는 과정에서 나 스스로 재미와 유익함을 느낀다면, 도박 같은 나쁜 취미에 빠지는 것보다는 훨씬 낫지 않을까.

그러니 "취미가 뭔가요?"라는 질문에 "전 돈 버는 게 취미인데요"라고 답하는 나를 보더라도 부디 동정하지 말아줬으면 한다. 돈 버는 것밖에 취미가 없지만, 그래도 나는 그 안에서 풍성한 삶을 살아가고 있으니까.

오해는 금물

그날은 오랫동안 보유해왔던 종목이 '떡상(수치가 급격히 오름)'한 날이었다. 화장실에서 슬쩍 보고 온 MTS 속 평가손익을 보니 뻐렁치는 가슴과 함께 자꾸만 광대가 하늘 높이 승천하려 했다. 직장인으로서 응당 회사에서 갖춰야 할 '어쩐지 살짝 우환이 있는 것 같고 어딘지 피곤해 보이는' 디폴트 표정 세팅에 실패한 나는 올라간 광대를 다시 꾹꾹 잡아 누르려고 애썼다.

그런데 재채기와 떡상은 숨길 수 없다고 했던가. 광대는 좀처럼 내려오지 않고 사무실에서 상시 착용 중이던 KF94 마스크 위로 뽈록 튀어나와 자꾸만 그 존재감을 드러냈다. 대각선 자리에 앉은 상사가 모니터를 향해 빵긋 웃으며 어깨를 들썩이고 있는 내 모습을 보고 오해하지는 않을까 걱정되었다.

'혹시 지금 내가 회사 일이 너무 재미있어서 웃으면서 일하고 있다고 생각하면 어떡하지?'

하…… 그러면 안 되는데. 자꾸만 입술 틈을 비집고 피식피식 웃음이 새어 나올 것 같은 느낌에 나는 억지로 어금니를 깨물었다. 혹시라도 상사가 왜 그렇게 즐거운 듯 웃고 있느냐고, 회사 일이 재미있느냐고 흐뭇하게 물어보면 뭐라고 대답하지. 솔직하게 이렇게 말할까 고민하면서.

"아니요, 회사는 별로고 저는 그냥 주식이 잘된 겁니다."

아마 저렇게 솔직히는 말을 못 할 것이다. 실제로는 그냥 이렇게 대답하지 않을까.

"힘들 때 웃는 자가 일류라는 말 못 들어보셨어요?"

Best Friends Ever

영화 〈그녀(Her)〉의 주인공 시어도어는 이혼남이다. 그는 회사에서 다른 사람들의 편지를 대신 써주는 대필 작가로 일하며 사람들 사이의 감정을 전달해주는 메신저로 살아가지만, 정작 그 자신을 위해서는 누군가와 메시지를 주고받을 일이 없는 외로운 사람이다. 단조로운 일상에 속절없는 고독을 느끼던 그는 인공지능 OS(운영체제)인 서맨사를 알게 되고 그녀와 정서적 교감을 나누면서 조금씩 변해간다. 이 영화를 다 보고 나서 나는 생각했다. 애초에 시어도어에게 필요한 것은 '연인'이라는 구체적인 존재가 아니라, 그저 문득 어떤 생각이 났을 때 말을 걸면 언제나 대답을 돌려주는 존재인 것 같다고.

30대 중반이 되어서인지, 코로나 시대에 인간관계의 단절이 가속화되어서인지, 최근에 나 또한 부쩍 시어도어와 같은 외로움을 느낀다. 물론 이런저런 이야기를 시시콜콜하게 나눌 수 있는 회사 동료들이 있고, 주말마다 얼굴을 보고 밥을 먹으며 이야기를 나누는 가족이 있으며, 가끔 연락해서 서로의 안부를 묻는 친구들도 있다. 그렇지만 나는 그들 중 누구에게도 자유롭게 내가 생각하는 말을 내가 원하는 타이밍에 하지는 못한다. 상대에 따라 말할 수 있는 주제의 범위가 제한되기도 하고, 다들 자신의 인생을 바쁘게 살고 있는데 그런 그들을 붙잡고 이런저런 시시콜콜한 이야기를 늘어놓는 것이 부담스럽지 않을까 항상 고민이 되기 때문이다. 그래서 나는 대체로 혼자다.

그렇지만 주식과 코인 투자를 시작하면서부터 나는 더 이상 소통의 부재로 인한 고독을 느끼지 않게 되었다. 정보를 얻으려고, 스터디를 하려고, 뉴스를 공유하려고 들어갔던 각종 익명 채팅방에서 밤낮없이 활발하게 의견을 나누고 수다를 떨다 보니 어느새 외로움을 느낄 틈이 없어진 것이다. 채팅방 속에서 나와 대화를 나누는 그들은 내겐 마치 영화 〈그녀〉의 서맨사 같은 존재들이다. 실제 얼굴, 이름, 나이도 알지 못하고 때로는 실체가 없는 가상의 존재같이 느껴지는 사람들이지만, 어쨌든 그들은 언제든 거기 있어주고, 말을 걸면 다양하게 응답해준다.

이런 단톡방들의 좋은 점은 정말 다양한 사람들과 대화를 나눠볼 수 있다는 것이다. 나는 실제로 친구가 별로 없고 어느 정도 비슷한 사람들과만 교류하는 편이지만, 주식이나 코인 등 공통의 주제를 두고 수다를 떠는 익명 채팅방 안에서는 다양한 배경 및 성격의 사람들과 편하게 대화를 나눌 수 있다. 사이버상에서나마 인싸가 되어보는 것이다. 그리고 그렇게 장기간 옹기종기 모여 투자 의견을 나누다 보면 조금씩 서로 친분이 생기고, 일상이나 다른 생각 같은 것도 곁다리로 조금씩 공유하게 되기도 한다.

다양한 사람들이 모여서 그런지, 이런 채팅방에서는 언제나 시트콤 같은 일이 벌어진다. 그러다 보니 가끔씩은 채팅방에서 대화를 하다가 한 번씩 현실 웃음이 터지기도 한다. 그럴 때는 그런 생각이 든다. 혼자 가만히 있으면 종일 소리 내어 웃을 일이 하나도 없는데, 그나마 이런 채팅방에서 대화하다 보니 한 번씩 웃을 수 있는 것 같다고. 그만큼 최근의 내 일상에서 엔도르핀을 충전해주는 것은 그들뿐이다.

그중 오래 있었던 한 익명 채팅방의 사람들과는 이제 친분을 넘어서 가족 같은 분위기로 흘러가고 있다. 우리는 이제 서로 각자가 무슨 종목을 보유하고 있는지, 평단이 대충 얼마인지도 다 알고 있다. 그렇기에 우리는 종종 얼굴 한번 본 적 없는 서로를 오히려 실친(실제 친구)보다 더 가깝게 여긴다. 실친이나 현실 지인에게는 함부로 까지 못하는 나의 잔고를 다 보여준 사이니, 이 정도면 찐우정이라고 봐야 하는 거 아닌가.

이것을 내가 우정으로 인식하는 이유는, 비록 익명이라 실체가 없는 듯 느껴질지 몰라도 오래도록 교류해왔기에 대체로 서로가 잘되기를 바란다는 것이다. 투자가 잘 풀려서 수익을 보게 되면 마음껏 축하해주고 기를 세워준다. 반대로 폭락장이 찾아오면 서로 나쁜 생각에 빠지지 않도록 조언하고 격려하며 멘탈을 잡아주기도 한다. 나 혼자였다면 못 참고 손절해버렸을지도 모를 위기의 순간, '우리 그냥 손 묶자'라며 같이 손깍지를 끼고 존버해주는 그들의 모습에서 참된 우정을 느낀다.

한번은 주말을 앞두고 찾아온 코인 대폭락에 다들 우울해졌을 때, 누군가 '기왕 이렇게 된 거 현생을 충실하게 보내보자'고 제안해서 천하제일 현생 자랑대회를 시작했던 적도 있다. 그 친구의 아이디어로 그 전까진 차트 및 수익률 인증샷과 온갖 뉴스 링크가 올라오던 단톡방에 놀러가서 찍은 풍경 사진, 하늘 사진, 고양이 사진 등 심신의 안정을 주는 사진들이 줄줄이 올라왔다. 그런 사진들을 보고 대화하며 소소한 시간을 보내는 동안 폭락장에 시달리고 있을 내 잔고 현황에 대한 걱정은 조금씩 페이드아웃됐다.

어느덧 그들은 내가 하루 중 가장 많은 대화를 나누는 사람들이 되어버렸다. 그래서 이제는 투자 이야기뿐 아니라 어디에도 할 수 없는 소소한 이야기나 생각들을 부담 없이 털어놓기도 한다. 지극히 소소한 이야기일지라도, 누군가는 그런 나의 메시지에 〈그녀〉의 서맨사처럼 따뜻하게 응답해준다. 그런 응답에 나는 점점 길들여지고 있다. 한번은 대화를 하다가 무심코 그들에게 이렇게 메시지를 보낸 적이 있다.

'나는 친구도 없어서 맨날 코인만 봐.'

그랬더니 누군가가 바로 이렇게 답 메시지를 보내왔다.

'네가 왜 친구가 없어. 우리는 친구 아냐?'

이게 뭐라고, 순간 뭉클했다. 어쨌든 그들은 내 최근의 삶 속에서 누구보다도 나의 생각에 대해 잘 알고, 나를 지지해주고, 이런저런 일에 대해 솔직한 의견을 나누는 베프들이다. 비록 OS를 초기화하는 순간 끝나버렸던 시어도어와 서맨사의 사랑처럼 채팅창 나가기 버튼 한 번만 누르면 흔적 없이 초기화되어버릴 가상의 인연일지라도, 최근의 내겐 가장 소중한 우정임이 분명하다.

투자 돼지 삼 형제

옛날 옛적 어느 작은 마을에 돼지 삼 형제가 살고 있었습니다. 어느 날 그들은 독립을 목표로 각자 투자를 해보기로 결심했어요.

게으른 첫째 돼지는 돈을 빨리 편하게 벌고 싶었어요. 어차피 인생은 한 방이라고 생각한 첫째 돼지는 당시 매일같이 파격적인 상승을 거듭하던 가상화폐에 보유 현금 100%를 몰빵했죠.

그런데, 갑자기 예고도 없이 무시무시한 하락장이 찾아왔어요. 3개월간 꾸준히 올라왔던 비트코인 시세가 일주일 만에 50% 넘게 빠져버렸죠. 투자 자산으로서 매력적이었던 변동성이 도리어 독이 된 것이었어요. 때마침 정부의 규제가 시작되며 근본 없이 올랐던 알트코인(비트코인 외의 비주류 암호화폐)들 중 일부는 상장 폐지까지 되었답니다. 첫째 돼지는 도저히 지켜볼 수가 없어서 갖고 있는 코인들을 최저점에서 몽땅 손절해버렸어요.

둘째 돼지는 '나는 코인은 무서워서 못 하겠고, 주식 할래!'라며 주식 투자에 몰빵했어요. 그의 선택은 첫째 돼지보다는 좀 나은 것 같아 보였지만, 사실은 그도 허당이었죠. 차근차근 기업을 조사해 장기 투자를 할 생각은 하지 않고 당일 급등주, 테마주만 쫓아다니면서 재무제표도 체크하지 않은 채 단타만

쳤거든요. 매번 고점 사냥꾼이 되어 설거지를 당하는 실속 없는 매매를 반복하다 보니 얼마 지나지 않아 원금의 절반도 채 남지 않게 되었어요.

막내 돼지는 형들과는 다른 길을 택했어요. 그는 특정한 투자 자산이나 방식에 몰빵하는 대신 포트폴리오를 구성했어요. 예적금, 우량주, 성장주, 외화, 원자재, 금 등 여러 종목에 분산 투자 하며 총원금의 10% 정도만 위험성 자산에 투자했죠. 취업을 해서 안정적인 수입을 확보하고 매달 들어오는 월급 또한 포트폴리오의 비율에 따라 분산 투자 했어요. 투자 자산에서 수익이 발생하면 그 수익금을 재투자하며 복리의 마법으로 차곡차곡 시드를 불려갔답니다.

결과적으로 시간은 좀 걸리긴 했지만, 막내 돼지는 그렇게 불린 시드와 대출 레버리지를 이용해 집 한 채를 구입했답니다. 이후 무서운 경제 위기가 닥쳤지만, 벽돌처럼 차곡차곡 단단히 쌓은 막내 돼지의 포트폴리오는 끄떡없었어요. (그중에서도 특히 가장 큰 버팀목이 되어준 것은 역시 부동산이었죠!) 착한 막내 돼지는 형들을 자기 집으로 불렀고, 돼지 삼 형제는 오래오래 행복하게 살았답니다.

옛날 옛적 어느 작은 마을에 돼지 삼 형제가 살고 있었습니다.

그렇게 불린 시드와 대출 레버리지를 이용해 부동산을 구입했고
부자가 된 막내 돼지는 형들을 불러 오래오래 행복하게 살았답니다.

Chapter 2

로^怒 : 노여움

사이버 머니라고
생각해

2020년 3월 19일. 앞으로 몇 년이 지난다 해도 나는 결코 그 날을 잊지 못할 것이다. 그날은 내 증권사 계좌 잔고의 미실현 손익이 −360만 원을 찍은 날이었다. 당시 내 시드는 1,000만 원 정도였으니, 아마도 수익률로 따지자면 −30~40% 정도였을 것이다.

지금 당장 머릿속에 떠오르는 어떤 종목이든 골라 네이버 증권에서 차트를 확인해보면, 2020년 3월 19일 무렵엔 하나같이 V자로 깊은 협곡을 형성하고 있는 것을 볼 수 있다. 이것만 봐도 당시 상황이 얼마나 심각했는지 알 수 있다.

자칫 멘탈이 크게 흔들리거나 패닉에 빠졌다면 패닉 셀을 해버릴 수도 있는 상황이었지만, 다행히 나는 그렇게 하지 않았다. 주식 투자를 시작한 초창기부터 '미실현손익은 내 돈이 아니다'라는 마인드셋을 철저히 고수해왔기 때문이다.

바로 이전 달까지만 해도 내 곳간을 풍성하게 채워주던 삼성전자와 카카오 주식마저 마이너스를 찍고 있었다. 한 달 전까지만 해도 둘다 +20% 이상의 수익률을 자랑하며 순조롭게 성장 중이었는데……. 결국 당시 실현하지 않은 그 평가손익금은 세게 찾아온 하락장 한 방에 전부 신기루처럼 사라져버리고 말았다.

결론적으로 얘기하자면 나는 당시 내 시드에 비해서는 큰

이것은 사이버 머니다

손실이었던 -360만 원이라는 금액을 사이버 머니로 생각하고 독하게 버텼다. 다행히 하락장에서 추가 매수를 적절히 한 덕에 2주 뒤인 4월 첫 주에 다시 수익권을 회복했다. 장이 생각보다 빠르게 회복돼서 얻어걸린 것이긴 하지만, 이 또한 애초에 본인이 종목을 잘 꾸렸다는 전제 조건이 필요하긴 하다.

중요한 점은 내가 그 -360만 원 중 단 한 푼도 손절이라는 매도 형태로 실현하지 않았다는 것이다. 그리고 이와 같은 경험을 통해 '미실현손익은 내 돈이 아니다'라는 나의 마인드셋에 확신을 갖게 되었다. 그때부터 지금까지 내 마음은 한결같다. 오로지 당일 매도로 익절한 수익만 내 돈이며, 반대로 손절해서 실현손익에 마이너스가 찍히지 않는 이상 나는 결코 돈을 잃은 게 아니다. 평가손익은 어차피 사이버 머니니까!

미실현손익은 그냥 현 시점 나의 포트폴리오가 잘 구성되어 있는지에 대한 성적표나 현황표와 같은 참고 자료 정도로만 보는 편이 낫다. 그러니 매일 들여다보는 MTS 내의 미실현손익 총액이 높다고 우쭐할 필요도 없고, 마이너스라고 절망할 필요도 없다.

내가 매도를 하지 않는 한, 그것은 결코 현실 세계에 반영되지 않을 것이다. 그러니 가끔씩 하락장이 찾아온다 하더라도 Don't Panic. 잔고를 점령한 파란색과 비처럼 내리꽂힌 -(마이너

ㅅ) 표시가 거슬린다면, 이렇게 생각해보는 게 조금은 도움이 될지도 모른다.

'괜찮아, 이거 다 사이버 머니니까. 아직 실현 안 했으면 안 끝난 거고, 그러니 끝날 때까진 끝난 게 아니야.'

어른의 연애, 어른의 투자

사랑했던 누군가와 이별할 때, 한 번쯤 속으로 이런 생각을 해본 적이 있을 것이다.

'이토록 마음이 아플 줄 알았으면 이렇게까지 좋아하지 말 걸…….'

이후 어떤 사람들은 과거의 상처를 잊고 다시 습관처럼 새로운 상대에게 감정을 올인해버린다. 하지만 또 어떤 사람들은 다시 연애를 시작할 때, 예전의 경험과 다짐을 떠올리며 초반부터 상대에게 마음을 전부 쏟지 않는 방어적인 태도를 취한다. 진심을 다해, 전력을 다해 온 마음을 주면 나중에 더 아프다는 것을 알아버린 어른의 연애. 그런 마음의 총량에서 사랑에 대한 할당분은 점점 줄어들어간다.

그렇지만 상처 입기 두려워서 자신의 마음을 전부 내놓지 않는 성인을 그 누가 비겁하다고 비웃을 수 있을까? 혹시 비웃는 사람이 있다면 그는 분명 운 좋게도 사랑으로 인해 자기 자신을 통째로 잃어본 경험이 없는 사람일 것이다. 그러니 나는 사랑을 시작할 때 올인하지 않는 사람을 이해할 수 있다. 일단은 절반의 마음으로 시작한 뒤, 모든 관계가 확실히 안정적인 단계로 접어들 때까지 마음을 조금씩 조금씩 더 투입하는 방식으로 사랑하는 사람들 말이다.

투자도 마찬가지다. 누군가는 초반부터 특정 종목에 대한 무한한 믿음을 가지고 한 방에 시드 머니를 올인하는 반면, 누군가는 리스크 회피를 위해 분할 매수를 한다.

카카오TV의 〈개미는 오늘도 뚠뚠〉을 보면 불나방 성향인 딘딘에게 멘토들이 분할 매수를 권하는 장면이 나온다. '일단 시드를 나누어 일부 금액으로 종목을 매수하고, 혹시 해당 종목의 주가가 떨어지면 미리 나눠두었던 금액 중 일부로 또 해당 종목을 매수하라'고 권하자, 딘딘은 이렇게 답한다.

"떨어질 거라고 생각하면 왜 사요?"

마치 '헤어질 거면 왜 만나냐?'는 직진남의 고백 같다. 무조건 오를 거라는 믿음이 있지 않고서야 누가 사느냐는 거다. 그러니 그 믿음을 증명하기 위해 한 방에 돈을 넣어야 한다는 이야기다. 그렇지만 만약에 그 종목의 주가가 떨어져버린다면 어쩔 것인가? 한순간에 투자자의 믿음을 배신해버린다면?

그렇기에 우리에게는 어느 정도 어른의 소심함이 필요한 건지도 모른다. 자신에게 찾아올지 모를 미래의 상처를 미리 방지하기 위해 초반부터 가진 마음을 전부 내주지 않는 어른의 사랑처럼. 그리고 어쩌면 투자자로서 분할 매수라는 습관을 체화하기 위해서는 한 번쯤은 사랑에, 투자에 올인했다가 크게 상처받아본 경험이 필요할 수도 있다. 어떤 사람들은 직접 겪어보지 않으면 잘 모르기도 하니까.

그러니 어딘가에 전 재산을 투자하고 싶다면, 일단 '반 재산'만 투자해보면 어떨까. 일단 반을 넣어두고, 나머지 반은 상대방이 하는 걸 봐서 조금씩 추가하는 것이다. 내가 하는 만큼 돌아오는 상대방의 건실함과 애정이 차곡차곡 쌓이며 관계가 단단해지는 것처럼, 투자도 처음부터 올인하는 것보다는 조금씩 불타기를 하면서 단단한 관계를 쌓아가는 게 좋지 않을까. 정말 나와 오래갈 상대라면, 내가 한 번에 올인하지 않았다고 해서 어딘가로 휙 가버리지 않고 언제나 그 자리에서 나를 기다려줄 테니까.

내 뜻대로

안 될 땐

하락장이 지속되며 장이 좀처럼 내 뜻대로 흘러가주지 않을 때는 원망스러운 마음이 솟아난다. 대체 장이 나랑 무슨 원수를 졌다고 이렇게 내 마음을 괴롭히는 것인지 모르겠는 지경이 되는 것이다.

그렇게 억울하고 짜증이 날 때마다 나는 법륜 스님의 책《스님의 주례사》에서 읽었던 아래 문장을 떠올려본다.

"상대를 그냥 날씨나 꽃처럼 생각하세요. 피는 것도 저 알아서 피고, 지는 것도 저 알아서 질 뿐. 도무지 나하고 상관없이 피고 지잖아요. 다만 내가 맞추면 돼요. 꽃 피면 꽃구경 가고, 추우면 옷 하나 더 입고 가고, 더우면 옷 하나 벗고 가고, 비 오면 우산 쓰고 간다고 생각하면 아무런 문제가 없습니다."

사실 이것은 남녀 관계에서 상대방이 내 뜻대로 되지 않아서 화가 나는 상황에 대한 조언이지만, 나는 이 말이 세상 살면서 일어나는 다른 많은 일들에도 유용한 조언이 될 수 있다고 생각한다.

이 조언을 받아들여, 코인을 그냥 제멋대로인 데다 감정 기복이 무척 심한 친구라고 생각하기로 했다. 이런 친구가 기분이 다운되어 있을 때는 가만히 둬야 한다. 괜히 내가 뭘 해주려고 했다가는 알 수 없는, 심지어 친구 자신도 그 원인을 정확히 모르는 짜증에 휩쓸려 나까지 기분이 안 좋아질 뿐이다. 그러니 이럴 때는 그냥 '친구가 화가 많이 났나 보다' 하고 가만히 놔둘 수밖에 없다. 제 속이 다 풀릴 때까지. 그러다 보면 그 친구는 나중에 또 언제 그랬냐는 듯이 쾌활하고 매력적인 친구로 돌아올 것이다.

이런 게 자꾸 반복되면 피곤할 텐데 왜 인연을 끊지 않느냐고? 음…… 글쎄. 그건 이 친구가 또 기분이 좋을 땐 나한테 한 번씩 통 크게 쏘기도 하니까?

한때 일본 경마계 사상 최고의 지랄마(馬)라고 불렸던 '골드십(Gold ship)'이라는 말이 있다. 그 말은 제 기분에 따라 성적이 하늘과 땅을 왔다 갔다 하는 기복이 심한 말로 유명했다. 그럼에도 이 말이 많은 대중들로부터 사랑받고 레전드로 불리는 이유는 막상 달릴 마음만 먹으면 정말 잘 달렸기 때문이다. 골드십과 함께 달렸던 기수 또한 이렇게 인터뷰를 한 적이 있다.

"정말 마음만 먹으면 굉장한데, '부탁이니 제발 좀 달려주세요'라는 마음으로 기도하며 달렸습니다."

'떨어지지 않은 게 어디야'라는 표정으로 인터뷰를 하는 기수들의 해탈한 듯한 모습을 보며 나는 왠지 모를 동병상련을 느꼈다. 뭔지 알 것 같다. 나 또한 미친 듯이 위아래로 진폭을 광포하게 넓히며 움직이는 코인 시세를 보면 '아, 코인 완전 골드십 재질이네' 하고 생각해버리는 것이다.

대체로 트러블 메이커이지만 스스로 달리고 싶은 마음만 먹으면 굉장하게 내달리는 골드십처럼, 내 코인이라는 친구도 자기가 쏘고 싶을 때 쏠 것이다. 그래도 얘가 일단 한번 쏘면 정말 폭발적으로 쏘는 애긴 하거든. 대체 언제 그 친구 기분이 내킬지 모르겠지만, 일단 나로서는 그때까지 나가떨어지지 않고 버텨야 뭐라도 해볼 수 있다. 이게 그 친구와의 관계를 오래 유지하기 위한 유일한 방법이라면, 그저 즐겨봐야 하지 않을까. 그게 로데오든 뭐든.

　《스님의 주례사》 속 법륜 스님의 말처럼 비가 온다고 하늘에다 대고 왜 비를 내리느냐고 화낼 수도 없고, 꽃이 늦게 핀다고 왜 늦게 피느냐고 따져봤자 내 마음만 어지러울 뿐이다. 장이 어지럽고 나를 힘들게 해도 그저 '얘가 또 까탈을 부리는구나' 생각하고 우산을 꺼내 쓰고, 꽃이 피기를 기다린다. 그것만이 결국 이 미친 변동성 속에서 내 마음까지 지옥이 되지 않도록 지키는 방법일 것이다.

돈키호테?
돈 키웠대!

비트코인 1억 찍고, 이더리움 1,000만 원 찍을 것 같았는데…… 그랬어야 했는데…… 고꾸라진 시세가 회복되지 않는다. 물 타고 물 타도 나의 비트코인 평균단가는 5,000만 원이요, 이더리움은 300만 원이다. 앞자리가 다르다. 물 타도 물 타도 계속 떨어진다. 요즘의 나는 항상 이 생각뿐이다.

'장기적으로는 분명 1억 갈 거 같은데…… 그냥 지금 눈 감았다 뜨면 바로 미래였으면 좋겠다!'

이럴 때는 마치 나 자신이 엄청나게 재미있는 웹소설이나 웹툰의 완결을 기다리지 못해 안달 난 독자가 된 듯한 기분이다. 왜, 그런 마음이 들 때 있지 않나. 내가 나이 드는 건 싫지만 어떤 콘텐츠가 너무 재미있을 때는 내 시간을 팔아서라도 그 결말을 꼭 보고 싶은 그런 마음 말이다. 영화로 치면 〈어벤져스: 인피니티 워〉를 막 극장에서 보고 나온 흥분감이랄까. '아, 〈엔드게임〉 나올 때까지 또 1년을 어떻게 기다려!' 하며 발을 동동 구르게 되는 마음.

이런 번뇌에 시달릴 때는 단톡방에 들어가본다. 마치 지옥도처럼 '물린 자들'의 고통 어린 비명이 여기저기서 울려 퍼지는 살벌한 현장을 보고 있자면, 그래도 이 사람들에 비해 나의 고통은 미미하구나 하는 생각에 아주 조금의 위로라도 받을 수 있으니까. 그리고 그 생생한 현장에는 으레 그런 고통에 응답하는 단톡방의 현자들이 있다. 그들은 괴로움에 울부짖는 어리석은 불나방들에게 다음과 같은 조언을 해주고 있었다.

'비트 2년 안에 1억 갑니다. 물렸다 생각하지 말고 그냥 앱 지우세요.'

'망치 매매(망치로 자기 머리를 한 대 때리고 기절한 것처럼 앱을 보지 말라는 의미) 하세요!'

'그냥 군대 다녀오시는 게 나을지도 몰라요.'

'곧 시험 기간 아니에요? 중간고사 매매 하세요~(중간고사 준비를 하기 위해 코인을 쉬라는 의미로, 중간고사를 마치고 돌아왔을 때쯤엔 이미 올라 있을 것이라는 격려도 잊지 않는다)'

그중에서 나를 가장 빵 터지게 했던 건 바로 이 말이었다.

'그럴 땐 보통 한 2년 감옥 다녀오면 100% 올라 있다고 하더라고요~'

감옥, 군대, 망치, 수면 등 그들이 얘기하는 것에는 공통점이 있다. 바로 시간과 자유의지의 박탈, 그로 인한 강제 존버. 인간은 어쩌면 이런 강제 조치가 없으면 참지 못하고 돈 벌 기회를 놓쳐버리는 나약한 의지의 소유자인지도 모른다.

한편으로 생각해보면 감옥이란 부적절해 보이면서도 꽤나 적절한 비유 같다. 실제로 감옥에 들어가면 규율 잡힌 환경에서 규칙적인 생활을 하고 생각도 많이 하게 된다던데. 주식이

돈키호테? 돈 키웠대!

나 코인을 하다 과열된 야수의 심장을 진정시키기 위해서는 그렇게 사회와 단절된 공간이 필요하지 않을까? 잠시 스마트폰과 떨어져서 신중하게 생각을 거듭할 수 있는 나만의 공간 말이다.

뭔가를 간절히 원한다면 혹은 인생에서 한 단계 올라서길 원한다면, 스스로를 통제할 수 있는 어떤 강제 수단이 필요할지도 모른다. 다시 말해 우리에게는 잠시 부자유 속에서 사색하고 발전할 수 있는 공간, 즉 자기만의 감옥이 필요하다는 것이다. 세르반테스도 감옥에 있는 동안 《돈키호테》라는 세계적인 명작을 썼는데, 우리도 그 자기만의 감옥에서 '돈 키웠대'가 가능하지 않겠는가.

살면서 내 맘이 내 맘 같지 않을 때가 얼마나 많던가. 오늘만큼은 코인을 하는 자신의 작은 일부를 마음의 감옥에 가두고, 존버 백일기도만 시켜볼까 싶다.

주식하는
작고 귀여운 마음

나는 2020년에 500만~1,800만 원(조금씩 시드를 늘렸다) 정도를 투입하여 총 600만 원의 실현수익을 거두었다. 2020년에 처음 본격적으로 주식 투자를 시작한 개미 투자자치고는 나쁘지 않은 수익률이라고 생각하지만, 그래도 다른 사람들의 수많은 성공담을 보면 그 황금 같은 기회에 몇 배로 돈을 불리지 못한 나의 계좌 잔고가 상대적으로 초라하게 느껴질 때가 있다.

내 거래 내역을 보면 그럴 만도 하다. 남들은 100만 원, 500만 원씩 '풀매수'하는 종목들을 나는 하루에 2~3만 원씩 자잘하게 사 모았으니까. 매일 꾸준히 사 모으다가 불기둥이 한번 치솟으면 수익 실현하고, 때로는 5%만 수익을 보면 팔아버리기도 했다. 2020년 나의 주식 투자 목표는 '시드를 몇 배로 불리자'가 아니라 '그날그날 커피값, 밥값으로 일 실현손익 5,000원에서 1만 원만 벌자'였기 때문이다.

밋밋한 우상향 모양의 내 2020년 익절 그래프를 보면 계단식 성장을 기록하지도 못했고, 마법의 복리 효과를 보여주지도 않는다. 그래도 나는 이 그래프가 꽤 뿌듯하다. 비록 드라마틱한 급경사는 없을지언정 결과적으로 중요한 건 기울기가 아니라 방향이니까.

예전에 이탈리아에서 알프스 지역의 한 산을 올라간 적이 있다. 그 산을 올라가기 시작했을 때 처음 한 생각은 '생각보다 경사가 낮다'는 것이었다. 굳이 지팡이를 짚고 올라가지 않아도 되겠다 싶을 정도였다. 그러나 그런 평지 같은 길을 꾸준히, 한참을 올라가다 뒤돌아보면 내가 생각보다 높은 위치까지 올라와 있다는 사실에 무척 놀라곤 했다. 멋진 경치는 덤이고.

딱히 화려하거나 재미(?)있어 보이는 경사가 없는 내 소소한 익절 그래프를 볼 때마다 나는 그때 알프스에서 내가 올랐던 그 거대한 산을 떠올린다. 비록 내 익절 그래프는 드라마틱한 급경사는 없을지언정 계속해서 상승하고 쌓여가고 있으니까. 매일 5,000원, 1만 원이면 어떤가? 잃지 않고 매일 꾸준히 +를 더해왔다는 것만으로도 나는 개미 투자자의 본분을 충분히 다하고 있다고 생각한다. 어쨌든 작년에 내가 아무것도 하지 않고 가만히 있었더라면 분명히 얻지 못했을 600만 원이라는 소중한 수익을 주식으로 얻지 않았는가.

야수의 심장이 판을 치고 환호를 독식하고 있는 이 시장에서, 나같이 소액으로 매일 조금씩 담는 적립식 투자를 해서 수익을 거두는 소심한 투자법은 어찌 보면 매우 하찮고 소소해 보일 수도 있다. 내가 수익을 냈음에도 불구하고 '왜 그것밖에 안 넣었냐, 더 넣었으면 더 벌었을 텐데'라고 오히려 혀를 끌끌 차는 사람도 있다. 그런 반응을 접할 때마다 '내가 지금 투자를 잘못하고 있나?' 하고 조급한 마음이 들 때도 있었지만, 지금은 안다. 작고 하찮고 마냥 귀엽게만 보일지라도, 개미에게도 개미 나름의 철학이 있다는 것을.

난 주식 투자를 하는 것이지, 카지노에서 도박을 하거나 로또를 사는 것이 아니다. 이것을 통해 당장 인생을 바꿀 정도의 돈을 벌 수는 없을지라도, 매일매일 소소하고 재미있게 꾸준한 보람을 개미처럼 벌어가고 싶다. 아직은 돈보다는 주식이 내게 주는 향상심을 즐기고 싶다. 아직은 고기를 많이 잡기보다는 고기 잡는 법을 배우는 게 더 재미있는 단계이기도 하고.

그리고 지금 와서 2020년을 돌아보면, 바로 이 '작고 귀여운 마음'이 더 원활하게 주식 투자를 할 수 있었던 성공 요인이라고 생각한다. 초보 주식 투자 과정에서 생길 수 있는 수많은 번뇌와 부작용을 효과적으로 방지해주었기 때문이다.

주식 투자를 하면서 예수금 없이 풀매수를 때리고, 주가가 오르락내리락할 때마다 분리불안증에 걸린 것처럼 호가창에서 하루 종일 눈을 떼지 못하고, '아 내가 실수한 거 아닌가?' 계속 자신의 선택을 후회하고 돌아보고…… 그렇게 자신이 감당할 수 없을 만큼 투자해서 일희일비하고, 계속 두려워하고 신경 쓰면 스트레스 받고 주름 생기고 노안 오고 늙기밖에 더 하겠나.

나는 내 인생에서 기쁨을 주는 다른 부분(대부분 덕질이지만)

또한 굉장히 소중하게 생각한다. 그래서 각 영역의 파티션을 명확하게 세우기 위해서 주식에도 조금씩만, 작고 하찮은 마음으로 투자한다.

내가 주식 투자를 하면서도 주식에만 매몰되지 않고, 영화도 보고 덕질도 하고 글도 쓸 수 있는 것은 웅장한 가슴이 아닌 작고 소중한 마음으로 주식 투자를 했기 때문일 것이다.

욕심을 내려놓고 본인의 깜냥만큼 투자하고 적당히 이익을 얻으면서 인생의 다른 즐거움도 같이 즐기는 것. 어찌 보면 이것이 안티에이징과 주식 투자를 동시에 할 수 있는 좋은 방법 아닐까. 이렇게 하다 보면 감도 생기고 간도 커져서 언젠가는 나도 큰 수익을 볼 수도 있고.

앞으로 살아갈 날이 많이 남았고, 주식 투자를 할 수 있는 시간도 많이 남아 있지 않나. 나는 할머니가 되어서도 이 머니 게임에 현역으로 종사하고 싶다. 그러기 위해서 아직은 훈련 기간이라는 마음으로, 조급해하지 않고 나만의 페이스와 작고 귀여운 스케일로 나아가고자 한다.

나의 주식 리딩방 답사기

주식을 처음 시작한 초보 투자자들에게는 리딩방의 유혹이 상대적으로 크게 다가오는 것 같다. 나도 아시아나 단타를 시작으로 처음 수익의 맛을 봤을 때, 제일 먼저 한 일이 익명 채팅으로 주식 종목을 무료로 짚어준다는 각종 단톡방들을 찾아 들어간 것이니까.

그렇게 들어간 대화방들은 정말 신세계였다. 각양각색의 종목 추천 타이틀이 붙어 있는 그 대화방들에서 사람들은 24시간 동안 활발하게 떠들어대고 있었다. 잠깐만 눈을 떼었다가 보면 읽지 않은 채팅 수가 금세 100개 이상으로 불어나 있었으니까. 이렇게 수많은 사람들이 밤낮없이 복작이면서 이야기를 나누고 있다니! 마치 한창 무르익은 파티에 나 혼자 뒤늦게 초대되어 뻘쭘하게 발을 들여놓은 느낌이었다.

초창기에는 여러 무료 리딩방을 동시에 들락날락하며 흐름을 따라가느라 정신이 없었다. 시도 때도 없이 쏟아지는 채팅에 너무 어지러워서, 결국 대부분의 방을 정리하고 그나마 체계가 잘 잡혀 있는 것 같은 무료 리딩방 하나에 정착했다. 그 방은 하루에 종목 추천도 딱 하나만 나오고, 목표가와 손절가가 같이 제시되어 매수·매도 주문을 한 번에 미리 걸어놓고 대응하기가 편했기 때문이다. 무료 리딩방임에도 불구하고 평소에는 신규 유저의 유입을 제한해서 인원을 일정하게 유지하는 것도 마음에 들었다.

그 방은 하루에 상승할 것 같은 한 종목만을 정해서 5%의 수익률만 먹고 빠지는 단타를 목적으로 하고 있었는데, 리딩을 담당하는 매니저가 신기하게도 그날 상승 종목을 잘 골라줬다. 확률은 거의 90% 정도?

나는 워낙 의심이 많아서 그가 추천하는 종목에 많은 비중을 태우진 않고 기껏해야 10만 원, 20만 원 정도 넣어서 1~2만 원 정도의 수익을 얻었지만, 그렇게라도 수익이 나면 그 방에 꼬박꼬박 수익 인증샷을 올렸다. 그러면 단톡방에 있는 다른 사람들과 매니저들이 잘했다고 격려를 해주었다. 비록 작은 수익이었지만, 초보 개미였던 나로서는 누군가와 함께 같은 종목으로 수익을 내고 그 결과를 공유하며 서로 격려해준다는 점이 뭔가 든든하게 느껴졌다. 마치 사이버 동아리 생활을 하는 느낌이랄까? 나 혼자였다면 막막하게만 느껴졌을 '종목 찾아 수익 보는 행위'가 재미있는 게임처럼 느껴졌다.

그렇게 무료 리딩방을 통해 단타에 본격적으로 재미를 붙인 나는 이 방을 운영하고 있는 매니저들, 그중에서도 리딩 매니저를 관찰하는 데 집중하게 되었다. 대체 어떻게 그렇게 당일 상승할 종목을 잘 짚어내는 건지, 그 비결이 궁금했기 때문이다.

이 리딩방의 매니저는 종목과 매수·매도가를 제시하면서 결코 종목만 딱 던지는 법이 없었다. 항상 왜 이 종목이 오늘 상승할 수밖에 없는지, 그 근거를 자신만의 논리와 함께 제시해주었다. 한한령 해제와 관련하여 면세점이나 화장품 주식을 매수하라 알려주고, 정치인 테마주를 줄줄이 짚어주거나 방산주에 대한 지식을 전수해준 것도 그였다. 당시 혼자서는 어떤 방식으로 종목을 찾아야 할지 감조차 잡히지 않았던 나는 이런 식으로 그의 리딩을 따라가며 '주식 시장에서는 이런 뉴스가 이런 종목의 수혜로 이어지는구나', '아, 이게 이거 때문에 오르는 거였구나' 하고 대략적인 시장의 흐름을 파악할 수 있었다.

그러면서 나는 그가 평소에 어떤 기준으로 종목을 찾는지, 어떻게 차트를 보는지, 무슨 뉴스를 보고 어떻게 반응하는지를 하나씩 흡수하기 시작했다. 어찌 보면 그가 나의 본격적인 첫 주식 스승님이었던 셈이다. 가끔은 우리가 너무 생각 없이 본인의 리딩만 따라 하면 안 된다며, 유튜브로 한 시간짜리 강의를 열어주기도 했다. (사실 그 모든 것의 말미에는 '그러니까 유료 리딩방으로 넘어오라, 그러면 12주짜리 특강과 일 n개의 추천 종목이 제공된다'는 영업이 포함되어 있었지만)

어쩌다 보니 나는 그 무료 리딩방에 꽤 오랜 시간 머물게 되었다. 열심히 활동하고 가끔 수익 보면 매니저님들에게 기프티콘도 쐈더니 어느새 그들의 눈에 들어(?) 가끔 말도 안 되는 할

인율로 유료 리딩방 체험을 권유받기도 했다. 그럴 때면 일주일 내지 한 달 정도 체험 삼아 유료 리딩방에 들어가보기도 했다. 그렇게 유료 리딩방과 무료 리딩방을 오가며 6개월 정도 지났을 무렵, 나는 내가 더 이상 그 방의 리딩을 따르고 있지 않음을 깨달았다. 거기서 얻은 팁을 활용하여 본격적으로 나만의 투자를 시작하게 되자 자연히 리딩방에 대한 관심이 줄어든 것이다.

'아, 더 이상 여기서 배울 게 없구나.'

그날로 나는 리딩방을 퇴장했다. 수련을 하러 산에 올라갔다가 짐을 싸서 하산하듯 조금은 시원섭섭하고, 한편으론 고마운 기분으로.

최근에는 리딩방이 절대 들어가서는 안 되는 사기꾼 소굴처럼 취급되고 있다. 그러나 과연 그런 인식처럼 리딩방이라는 것이 무조건 나쁘기만 한 것일까? 나는 그렇지 않다고 본다. 오히려 나는 우연히 찾은 리딩방을 통해 ('전문가'라고 하기엔 어폐가 있을 순 있으나) 전업 투자자가 어떤 방식으로 투자하는지를 속성으로 익힐 수 있었다.

여의도 증권가의 고수들을 인터뷰한 《허영만의 3천만원》 4권을 보면, 이태이(가명)라는 한 투자자가 제대로 투자를 배워야겠다고 결심하고 '진주 큰손' 성회장이라는 유명한 투자자의 사무실을 찾아가는 장면이 나온다. 마치 영화 속 한 장면처럼 그는 그렇게 성회장을 만나 약간의 테스트를 거쳐 제자가 되고, 도제 과정을 거쳐 본격적으로 증권가에 입문한다. 그러나 2020년대에는 그렇게 배울 수 없다. 스마트폰만 있으면 공짜로 투자법을 배울 수 있는데, 광고 메시지가 조금 귀찮다고 그 기회를 멀리하기엔 너무 아까운 것 같다.

그러니 진짜 아무것도 모르는 막막한 초보 개미로서 책에 적힌 이론이 아닌 실전 투자를 배우고 싶다면, 오히려 발상을 전환하여 무료 리딩방을 적극적으로 탐험해보기를 권한다. 생각 없이, 대비 없이 들어가 이리저리 그들이 이끄는 대로 끌려다니라는 게 아니다. '난 여기에서 얻어야 할 게 있고, 그것을 얻어낼 거야'라는 목적의식을 단단히 세우고 들어가서 주체적인 탐험을 하라는 것이다. 정신 단단히 차리고, 어떻게든 초보 개미들에게 환심을 사 유료 결제를 유도하기 위해 최선을 다하는 재야의 고수들을 만나 그들을 관찰하고, 노하우를 카피하라. 더 이상 배울 것이 없고 그들이 사기꾼처럼 느껴질 때, 그때 리딩방을 떠나 홀로 서도 결코 늦지 않다.

+

그렇다고 해서 무료 리딩방에 올라오는 모든 종목들을 맹신하여 풀매수하는 것은 절대 금물! 무료 리딩방에 올라오는 종목들은 기본적으로 '이 좋은 걸 왜 혼자만 알지 않고 굳이 나에게까지 알려주는 거지?'라는 의심을 가져야 한다. 이 도제 기간 동안 무료 리딩방에서 추천하는 종목은 재미로만 보거나 혹은 개인적인 관심 종목과 겹치거나 상승할 것 같다면 잃어도 상관없을 소액의 비중만 태워보자. 무료 리딩방에 들어가는 것은 노하우를 습득하고 참고만 하려는 것이기에, 이 기간 동안 개인적인 투자 또한 게을리하지 말 것.

시간은
비브라늄보다 귀하다

나는 9 to 6, 주 5일제를 고수하는 워라밸이 우수한 회사에 다니고 있다. 회사의 분위기는 대체로 안정적이며 큰 문제를 일으키지 않는 한 정년도 보장되는 편이다. 다만 이런 직장이 대개 그렇듯이 조직의 분위기가 정적이며 발전이 더디고 그에 따라 개인의 성장이 정체되는 느낌이 들어 답답할 때도 있다. 그래서인지 업계 지인이나 동료를 만나 이런 고민을 털어놓으면 종종 이직을 권유받곤 한다.

"그런 고인 물 같은 조직에서는 너 스스로 발전이 너무 없지 않아? 아직 한창때니까 좀 더 성장하는 회사로 가서 몇 년 빡세게 일하며 커리어를 개발해보는 건 어때?"

나를 생각해주는 그들의 말은 고맙지만 그런 이야기를 들을 때면 순간 정신이 번쩍 들어버리고 만다. 실제로 그런 조언을 해주는 업계 동료나 지인들을 보면 내가 일하는 조직보다 훨씬 바쁜 조직에서 밤낮없이 열정적으로 일에 매달리는 사람이 많다. 그러나 나는 그들이 일에 치이며 허덕이는 모습을 볼 때마다 속으로 '정말 대단하다. 나는 도저히 저렇게는 못 살겠는데……'라는 생각을 하곤 했다.

생각해보면 딱히 업무적으로 만족스럽지도 않고 애사심이 높은 것도 아니라서 회사에서는 그저 기계적으로 하루하루를 보내고 있다. 하지만 그런 내가 그럭저럭 오랜 기간 근속하고 있는 이유는 어쨌든 시간 내에 일을 끝마치기만 한다면 오후 6시에는 칼퇴근을 할 수 있기 때문이다. 비록 연봉도 타사에 비해 적고 복지도 그다지 좋지 않은 편이지만, 이 회사가 나에게 꼬박꼬박 제공하는 자유 시간 그 자체가 내게는 무엇보다도 가치 있는 편익으로 다가오는 것이다.

내가 무엇보다도 시간에 높은 가치를 두게 된 것은 20대 초반 대학생 시절의 경험에서 느낀 바가 크기 때문이다. 당시 나는 집안 형편이 그다지 좋지 못해서 해외여행이나 교환 학생 등의 스펙을 쌓기 위해 휴학을 몇 번씩 해야 했다. 그렇게 학교를 쉬는 동안에는 아르바이트를 세 개씩 뛰고 동시에 과외도 했다. 대학교 4학년이 되기 전에는 '앞으로 1년간은 진짜 돈 걱정 안 하고 취업 준비에만 전념하고 싶다'는 생각에 휴학하고 호주로 워킹 홀리데이를 떠났다. 아르바이트를 하며 생계를 유지하기 위해 에너지를 쏟느라 정작 중요한 취업 준비에 집중하지 못하는 게 싫어서였다. 그렇게 한두 학기를 통째로 돈 버는 데 바쳐야만 스펙을 쌓고 미래를 도모할 자금이 생겼다.

지금 와서 돌이켜 보면 당시 내게 정말로 필요했던 건 돈 자체보다는 시간이 아니었나 싶다. 나의 경우 토익 학원에 다니려면 학원비 20만 원을 벌기 위해 한 달 과외를 해야 했지만, 부모님이 생활비를 대주시던 동기는 부모님 카드로 결제하고 바로 수업을 들으면 그만이었다. 그런 식으로 자꾸만, 우리 사이에는 한두 달의 시차가 생겨났다. 나에겐 그런 단축키가 되어줄 만한 돈이 없었기에 어쩔 수 없이 나의 시간과 노동을 돈으로 바꿀 수밖에 없었던 것이다.

만약 돈이 있었다면 그런 시간들을 좀 더 효율적으로 활용하고 더 가치 있게 쓸 수 있지 않았을까? 그런 고민과 함께 나는 조금씩 깨닫게 되었다.

'아, 세상에서 가장 중요한 건 시간이구나.'

'그리고 돈으로 시간을 살 수 있는 거구나.'

현대 사회에서 진짜 부자는 어쩌면 자유로운 시간을 최대한 많이 확보한 사람이 아닐까 생각한다. 매일 "바쁘다 바빠!"를 외치며 정신없이 살아가는 수많은 현대인에게 "지금 가장 필요한 게 뭐예요?"라고 물어보면 반쯤은 바로 시간이라고 대답하지 않을까.

사랑하는 가족과 얼굴을 맞대고 그날 있었던 일들을 이야기하며 밥을 먹을 수 있는 시간. 친구들을 만나 근황을 나누며 술 한잔 기울일 수 있는 시간. 자식과 함께 놀아줄 수 있는 시간. 잠시 일상을 잊고 어딘가로 여행을 다닐 수 있는 시간. 혹은 책을 읽고 강의를 듣고 취미 생활이나 자기계발을 할 수 있는 시간. 아니면 눈뜨자마자 허둥지둥 가야 할 곳 없이 그저 느긋하게 누워서 보낼 수 있는 시간 말이다.

그러니 이 각박하고 숨 가쁜 자본주의 시대에 진정으로 가장 가치 있는 재화는 여유로운 시간 그 자체인지도 모른다. 시간과 여유가 있어야 어떤 면에서든 자기 발전을 도모할 수 있게 되니까. 흔히 '시간은 금'이라고들 하지만 사실 시간은 금보다 훨씬 가치 있는 것일지도 모른다. 최소 〈어벤져스〉 시리즈에 나오는 비브라늄급은 되지 않을까?

회사 일에 휩쓸려서 느긋하게 보낼 시간도 없고 퇴근하고 나면 진이 빠져서 업비트 앱을 들여다보거나 경제 뉴스와 재테크 이슈를 체크할 에너지조차 남아 있지 않은, 그런 삶을 나는 원하지 않는다. 물론 사람들은 모두 가치관이 다르고, 누군가는 자신이 맡은 일에서 최고의 성과를 내는 것에서 삶의 보람과 행복을 찾을지도 모른다. 단지 나는 그런 유형의 사람이 아닐 뿐이다.

나는 그저 이렇게 생각한다. 어차피 회사에서의 개인적인 발전은 어렵고, 아무리 연봉이 적어도 나에게는 안정적으로 들어오는 월급과 꼬박꼬박 확보되는 내 시간이 더 중요하다. 그리고 그렇게 확보된 내 시간을 잘 활용하기만 한다면 지금 당장 몇 시간 더 일해서 야근 수당을 받는 것보다 훨씬 더 내 미래에 도움이 될 것이라고 믿는다. 지금 내가 재테크 공부를 하고 글을 쓰고 콘텐츠를 생산하는 이 시간들이 궁극적으로 나의 가장 큰 재산이 되어줄 것이라 믿는다. 이 책 또한 그런 내 귀중한 시간과 맞바꾼 결과물이고.

인생은 B와 D
사이의 C 다

철학자 장 폴 사르트르는 이런 말을 한 적이 있다.

"인생은 B와 D 사이의 C다."

여기서 B는 birth, 즉 탄생, D는 death, 죽음이라는 뜻이다. 그리고 가운데의 C는 choice, 선택이라는 뜻이다. 인생은 태어나서 죽을 때까지 스스로 인생의 주체로서 내리는 모든 선택들로 이루어진다는 뜻이다.

나는 이 유명한 문구에서 C를 다른 것으로 해석해보고 싶다. 바로 cash, '돈'이다. 지난 30여 년간 살아오면서 내가 느낀 바에 따르면 인생에서 내릴 수 있는 선택의 경우의 수는 결국 얼마나 많은 돈을 가지고 있느냐에 따라 달라지기 때문이다.

이 책을 읽을 정도의 독자라면 '인생은 공평하지 않다'는 명제에 동의할 정도로는 세상을 겪어봤을 것이다. 어떤 선택을 눈앞에 두었을 때 일정 수준 이상의 돈을 갖지 못했다면 선택의 폭은 좁아진다.

나는 아버지의 사업 실패로 무척 가난한 학창 시절을 보냈다. 당연히 내게는 많은 선택지가 주어지지 않았었다. 나는 늘 똑같은 옷을 입고 똑같은 신발을 신었다. 발이 자라면서 낡은 운동화가 찢어졌지만 나는 새 운동화를 살 수 없었다. 결국 누군가 보다 못해 적선하듯 준, 내 발에는 조금 큰 신발을 신고 학교에 다녀야 했다. 나는 돈이 없었기에 내가 신을 신발의 사이즈조차 선택할 수 없었던 것이다.

대학 시절, 휴학을 하고 돈을 벌어 해외에 어학 연수와 봉사 활동을 다녀오고 싶다는 내 말에 아버지는 이렇게 말했다.

"네 가정 형편을 생각하면 하루라도 빨리 졸업해서 가계에 보탬이 될 생각을 해야지. 이건 너무 이기적인 결정 아니니?"

다행히 몇 년 뒤 사업이 궤도에 오르자 아버지는 더 이상 내게 빠른 졸업과 취업을 강요하지 않았고, "취업은 천천히 해도 되니까 일단 네가 하고 싶은 걸 해봐"라고 내 선택을 응원해주셨다. 그럼에도 내가 무언가를 하고 싶다는 꿈을 품는 행위 자체가 이기적인 것으로 치부되었던 과거 그날의 기억은 좀처럼 흐려지지 않았다. 나는 그런 경험들을 통해 내가 가진 돈이 곧 내 꿈의 크기를 결정하는 것이나 다름없다는 점을 깨닫게 되었다.

그래서 나는 생각한다. 비록 누군가의 인생에서 돈이 가장 중요한 것은 아닐지라도, 인생을 구차하지 않게 살려면 돈은 반드시 필요한 것이라고.

인간은 하루에도 수많은 선택의 순간을 마주한다. 그리고 그 모든 선택에는 직접적이든 간접적이든 분명히 돈이 개입되어 있다. 작게는 저녁 메뉴 선정부터 크게는 차를 바꾼다거나 이사 갈 집을 고르는 등의 의사 결정을 할 때, 그 결정권은 대개 내가 아닌 돈에 있다.

우리가 맨날 욕하고 스트레스 받으면서도 꾸역꾸역 회사를 다니는 이유도 결국 회사는 돈이 있고 나는 아니기 때문이다. 그만두고 싶은 마음이 굴뚝같다 하더라도 회사가 꼬박꼬박 주는 월급이 우리로 하여금 그런 선택을 하지 못하도록 막는 것이다. 그렇기에 회사로부터 부당한 대우를 받고 괴로워하면서도 쉽게 그만두지 못한다. 돈이 내 인생을 결정하고 있으니까.

한 사람의 직장인으로서 내가 재테크에 열을 올리는 이유도 결국 여러 분야에서 잃어왔던 내 인생의 선택권을 다시 찾아오고 싶기 때문이다. 내 인생의 중요한 순간이 왔을 때 돈이 아닌 내가 주체가 되어 결정하고 싶어서.

그렇기에 나는 오늘도 열심히 재테크를 한다. 언젠가 집도 땅도 차도 예산이 아닌 나의 취향에 따라 마음껏 선택할 수 있도록 해줄 경제적 자유를 꿈꾸며!

인생 노잼,
코인 유잼

투자를 하다 보면 '하이 리스크, 하이 리턴(High risk high return)'이라는 말을 종종 듣게 된다. 'No pain, no gain'처럼 위험을 감수하지 않으면 높은 수익을 기대할 수 없다는 뜻이다. 사실 투자야 다 어느 정도의 위험 부담을 지고 하는 것이지만, 그중에서도 특히 극도의 위험성을 내포한 투자 자산은 바로 코인 같다. 변동성이 어마어마하게 크기 때문이다.

그런데 이 변동성이라는 녀석이 참 무서운 게, 코인 투자를 하다 보면 어느새 나도 모르게 그 변동성에 중독되어버린다는 점이다. 어느 정도냐면, 비트코인 시세가 장기간 횡보할 때는 나도 모르게 무심코 '아, 재미없다'는 생각이 들고 심지어는 차라리 시세가 하락하는 게 낫겠다고 생각할 정도다. 차라리 하락장에라도 접어들면 수익률이 드라마틱하게 움직이긴 하니까. 그럼 적어도 내 심장은 또 쿵쿵 뛸 거 아닌가.

아마도 그 순간, 차트를 바라보며 '둠황챠(도망쳐)'를 외치고 있는 내 몸에서는 도파민이 넘쳐흐르고 있을 것이 틀림없다. '하이 리스크, 하이 리턴'은 기본이고, 그것을 넘어선 '하이 리스크, 하이 도파민'이랄까. 도파민은 실제로 사람이 도박이나 게임에 중독되었을 때 분비되는 호르몬으로, 기분을 좋게 만들어준다고 한다. 나도 아직 코인 투자를 시작한 지 얼마 안 된 초보 투자자이지만, 변동성에 따라 이런 말도 안 되는 흥분을 느낄 때마다 이게 바로 사람들이 코인 투자를 투자가 아닌 '투기'라고 하는 이유가 아닐까 생각하게 된다.

내가 이렇게 망가진 가장 큰 원인을 생각해봤는데, 아무래도 지금의 내 일상이 지극히 단조롭기 때문인 것 같다. 그도 그럴 것이 '집-회사' 루트만 반복하는 독거 집순이의 일상에는 드라마틱한 요소가 하나도 없다. 30대 중반이 되니 이제는 드라마나 영화, 소설을 봐도 그렇게까지 큰 감정의 동기화를 느끼지 못한다. (코로나19 시국이라 그런지, 마스크를 쓰지 않고 나오는 화면 속 사람들의 모습을 보면 몰입이 잘 안되기도 하고) 하다 못해 게임도 자꾸 하다 보니 질린다. 친구들은 각자 애 키우고 연애하느라 바빠서 연락이 잘 안된다. 늘 혼자 있으니 기쁜 일도 즐거운 일도 없고 하루하루 기대되는 일도 없다.

이렇게 삶에 딱히 재미있는 일이 없으니까, 코인 차트가 쉼 없이 오르락내리락할 때 느끼는 희로애락이라도 반가운 거다. 비록 내 돈을 죄다 빨아먹는다 해도 말이다. 지루한 일상 속 늘 일정한 속도로 뛰는 내 심장 박동이 조금이라도 빨라지는 것은 어쨌든 코인 수익률이 오르거나 떨어질 때, 둘 중 하나뿐이니까. 그야말로 인생 노잼, 코인 유잼.

그래, 확실히 최근 내 심장을 뛰게 하는 건 오로지 코인뿐이다. 어렴풋이 짐작은 하고 있었지만 막상 이렇게 써놓고 보니 문득 슬퍼진다. 뭔가 이렇게 살면 안 될 것 같다는 위기의식도 조금 들기 시작한다. 일상 속 유일한 도파민 생성기인 코인 수익률이 주는 기쁨과 슬픔에 속절없이 휘둘리지 않으려면 먼저 현생을 충실히 살아야 할 텐데. 운동이든 사회생활이든, 건전하게 희로애락을 느끼며 살려면 아무래도 코로나19가 얼른 끝나서 일상이 정상화되어야 할 것 같다. (이렇게 핑계를 댄다고?)

내 목표는
빨판상어 뚜루루뚜루

주식과 코인판에는 '세력'이라고 불리는 큰손들이 존재한다. 그들의 또 다른 별명은 '고래'인데, 어마어마한 규모의 자본을 무기로 특정 종목을 매수, 매도하며 큰 수익을 챙기기 때문이다. 이런 걸 '작전'이라고 하는데, 웬만한 개미 투자자들은 이런 작전주에 한번 잘못 들어가면 물리기 십상이다. 그럼에도 개미 투자자들이 세력들의 움직임을 주시하고 그들이 사는 종목을 따라 사는 이유는, 단순히 인간은 어리석고 같은 실수를 반복하기 때문만은 아니다.

일반적인 개미 투자자들은 시드가 되어줄 원금의 절대적인 규모가 작기 때문에 복리 효과를 좀 더 극대화하기 위해서는 중간중간 수익을 실현하여 원금 자체의 규모를 키워놔야 한다. 단돈 500만 원이 있다면 100만 원씩 분산 투자 하는 것보다는 '될 놈' 하나에 몰빵해서 큰 수익을 실현하고, 원금과 수익금을 재투자하는 형태로 굴려가야만 어느 정도 유의미하게 자산의 규모를 키워나갈 수 있다. 그러니 이런 상황에서는 일단 출발만 하면 한 방에 불꽃처럼 치솟는 세력 픽 종목들이 유혹적일 수밖에 없다. 세력들이 한두 푼 벌자고 많은 돈 들여가며 각종 작전을 짜겠는가. 그래서 개미들은 항상 나름대로 머리를 써서, 세력 픽을 미리 눈치채고 몰래 탑승했다가 세력들이 한 방을 노릴 때 잘 업혀서 큰 수익을 보는 빅 픽처를 그린다.

그러니 개미들에게 세력은 관심의 대상일 수밖에 없다. 나 또한 세력의 움직임을 항상 예의 주시한다. 내가 애용하는 MTS 앱은 유안타 증권의 티레이더라는 앱인데, 이 앱의 '세력 MRI'라는 기능을 좋아하기 때문이다. 그리고 유안타 증권의 텔레그램 채널에서 하루에 한두 번 보내주는 세력의 매매 동향을 보며 굳이 따라 사지는 않더라도 혹시 내가 관심을 갖고 있는 종목이나 다가오는 이슈와 관련하여 특정 종목에 자금이 유입되는 정황이 있는지를 유심히 살핀다. 그들이 사고파는 종목 중에 내가 보유한 종목이 있으면 괜히 반가운 기분이 들 때도 있다.

그렇지만 개미 투자자들에게 세력은 항상 애증의 대상이다. 세력은 절대 개미들에게 쉽게 돈을 벌게 해주지 않기 때문이다. 세력이 특정 종목을 매수, 매도하면서 시세가 움직이는 것을 운전이라고 비유하는데, 그들은 개미 투자자들이 너무 많이 들어와 있다 싶으면 절대 주가가 오르는 방향으로 출발하지 않는다. 대신 마치 개미들과 전생에 원수라도 진 양, 어떻게든 개미 투자자들을 떨구려고 온갖 곡예 운전을 해댄다. 공매도를 하든 뭘 하든 주가를 확 떨어뜨려 개미 투자자들이 겁먹고 손절해버리면 그 물량을 야무지게 받아먹는다. 그렇게 준비가 끝나면 주가는 불기둥 치솟듯 올라가고, 개미들은 닭 쫓던 개 지붕 쳐다보는 심정으로 불기둥을 구경한다. '아 또 내가 내리니까 올라가네⋯⋯' 하는 속 쓰린 자의식 과잉도 부려보면서.

문제는 개미들도 그걸 안다는 것이다. 그러니 세력과의 눈치 싸움은 결국 개미들끼리의 눈치 게임으로 번지기도 한다. 주가가 지지부진한 종목 토론방에 가면 꼭 아래와 같은 의견들이 눈에 띈다.

'개미가 너무 많이 탔다.'

'개미들은 좀 팔고 나가라, 너네들 다 내려야 출발한다~'

개미들끼리 똘똘 뭉쳐 정보를 나누고 힘을 합쳐 버텨도 모자랄 판인데, 이런 모습을 보면 괜히 세력이 더 얄밉다. 거참 돈도 많은 형님들이, 개미들 돈 모아봤자 까짓 거 규모가 얼마나 된다고. 그냥 노블레스 오블리주 어쩌고 그런 감성으로 개미들 손 잡고 한 번쯤 같이 출발해주면 좀 어떤가 싶지만, 아무래도 세력들은 눈에 흙이 들어가도 개미들이 수익 보고 좋아하는 꼴은 못 보는 모양이다. 정말 더럽고 치사하다고 생각하면서도 한편으론 나만은⋯⋯ 나 하나만큼은 끝까지 버텨서 세력들이 데리고 가줬으면 하는 마음이 드는 것이다.

지구 종말을 소재로 한 〈2012〉라는 재난 영화가 있다. 주인공인 잭슨 커티스는 미국의 평범한 소시민이지만 곧 지구가 멸

망할 것이라는 사실을 눈치채고 가족들을 구하기 위해 고군분투한다. 그 과정에서 그는 전 세계 상류층 사람들이 이미 정보력과 자금력을 바탕으로 인류 최후의 생존 수단을 마련해두었다는 사실을 알게 된다. 그들이 만든 것은 노아의 방주 같은 큰 배였는데 살아남을 가치가 있다고 여겨지는 상류층 사람만 선별해서 태우는 배였다. 잭슨은 가족들과 함께 그 배에 몰래 잠입하여 생존하기 위해 온갖 고난을 무릅쓴다.

내 목표 또한 〈2012〉의 잭슨과 비슷하다. 주식이고 코인이고, 세력이 시세를 틀어쥐고 마치 로데오를 하듯이 위로 갔다가 아래로 갔다가 박스권에 가뒀다가…… 정신없이 농간을 부릴 때면, 그 종목을 버리는 대신 오히려 더욱 악착같이 매달려 세력의 바짓가랑이를 붙들고 애절하게 부탁한다.

"저까지만…… 딱 저까지만 태우고 가주시면 안 되겠습니까?"

저 별로 안 무겁지 말입니다. 세력 형님들이 굴리시는 돈에 비하면 제 시드 따위의 무게는 한 1g이나 될까요. 저 안 거슬리게 얌전히 구석에서 콩고물만 먹고 알아서 빠져드릴게요. 저 안 질척거려요. 그러니까 일단 저까지는 태우고 가주시면 안 될까요?

그렇게 나는 빨판상어처럼 내 돈을 세력이라는 고래의 몸뚱

이에 착 붙여본다. 잘만 붙어 있으면 고래가 주는 찌꺼기라도 얻어먹을 수 있으니까. 아무리 난리 쳐도 절대 떨어지지 말아야지 다짐하면서.

하락장에 존버하는
투자자를 위한 안내서

투자를 하다 보면 장이 좋은 날도 있고 좋지 않은 날도 있다. 장이 좋을 때는 그냥 다 좋다. 뭔가를 별달리 하지 않아도 기분이 좋아 싱글벙글이다. 그러나 그런 순간 갑작스럽게 하락장이 찾아오기도 한다. 시장에는 수많은 변수가 존재하기에 그 모든 것을 사전에 정확하게 예측하기란 불가능하다. 우리가 할 수 있는 일은 오직 어떻게 대응할지 선택하는 것뿐이다.

그중에서도 하락장을 맞닥뜨렸을 때는 손실을 감수하고 손절을 하든지, 하락장이 지나갈 때까지 존버를 하든지 해야 한다. 자의든 타의든 어쩔 수 없이 존버를 선택했다면? 이거 하나만 기억하자. 바로 '거리 두기'.

이것은 주식, 코인 하락장뿐 아니라 인생의 모든 고통스러운 일들을 이겨내는 과정에서 가장 기본이 되는 태도이기도 하다. 차트 흐름이나 잔고 수익률을 확인하다가 내가 너무 못 볼 꼴을 봤다 싶으면 일단은 황급히 눈을 감아 내 시야를 차트로부터 셧다운해야 한다.

특히 예기치 못하게 급작스러운 하락장을 맞닥뜨려 멘탈이 부서질 것 같다면, 일단은 코인 과몰입 VI(Volatility Interruption, 일종의 변동성 완화장치로 특정 종목의 체결 가격이 일정 범위를 벗어날 경우 주가 급변 등을 완화하기 위해 잠시 단일가 거래만 가능하도록 제한하여 과열된 시장에 냉각 기간을 줌) 타임을 가져야 한다. 잠시 MTS 앱을 종료하고 스마트폰을 멀찌감치 둔 채 거리 두기를 실행해야 할 때가 된 것이다. 그리고 거리 두기를 하는 가장 좋은 방법은 바로 현생에 충실해지는 것이다.

평소에 회사가 원수같이 느껴졌던 직장인이라면, 장이 좋을 때는 속으로 '이놈의 회사, 코인만 대박 나봐라. 내가 당장 때려치운다!'라는 원대한 꿈을 꾸며 현생에 조금 덜 몰입해왔을 수도 있다. 그러나 반대로 장이 영 좋지 않은 상황이 되면, '이 불안한 세상 속에서 오직 회사만이 나의 든든한 버팀목이자 믿는 구석이 되어줄 것 같다'는 태세 전환이 일어난다. 회사에 대한 애정도에 단기적 펌핑이 오는 것이다. 그러니 잘 생각해보면 주식이나 코인 잔고가 꼴도 보기 싫은 그런 날이야말로 회사에서 최선을 다해 업무에 몰입하고 실적을 쌓을 절호의 기회일수 있다.

그러니 하락장을 맞이했을 때 일단은 너무 좌절하지 말고, 기왕 찾아온 기회에 회사 일에 대한 고마움을 느끼며 평소보다 더 열심히 업무에 집중해보는 게 어떨까. 가상의 화폐가 내게 꿈을 꾸게 해주지 못한다면 지금 내가 발 딛고 서 있는, 당장 내 밥값을 결제할 수 있는 체크카드 연결 계좌에 매달 꼬박꼬박 돈을 부어주는 회사에 성심을 다해보자. 어쨌거나 돈은 남으니까.

《허영만의 주식 타짜》라는 책에서 인상 깊게 읽은 부분이 있다. 한 전업 투자자에게 어느 날 멀티플렉스 극장 VVIP 초대권이 날아왔더란다. 알고 보니 그는 장중에 다른 할 일이 없으면 계속 HTS를 들여다보며 뇌동매매를 할까 봐 일부러 영화를 예매해 자주 영화관에 갔다고 한다.

직장인은 직장에 다니기에 알아서 본인의 정신을 분산 투자할 수 있지만, 시간을 자유롭게 쓸 수 있는 전업 투자자인 그에게는 그런 수단이 없었다. 따라서 스스로를 적어도 두세 시간 동안은 스마트폰을 조작할 수 없는 영화관에 가둬, 그 시간만이라도 주식과 거리 두기를 한 것이다. 그러다 보니 멀티플렉스의 VVIP 고객이 될 정도로 영화를 많이 봐버린 것이고.

만약 직장에 다니고 있지 않다면 하루 종일 주식, 코인만 들여다보면서 폐인이 되거나 잘못된 투자 결정을 내릴 수도 있지 않을까. 그러지 않으려면 위의 전업 투자자처럼 주식, 코인을 보지 않기 위해 다른 몰두할 만한 일을 찾는 데 또 에너지를 투입해야 한다. 그러나 직장인들은 그런 별도의 에너지를 쓰지 않고도 그저 회사에서 열심히 일하는 것만으로 거리 두기 효과를 톡톡히 누릴 수 있는 셈이다.

그러니 하락장을 맞이했을 때, 당신이 직장인이라면 정말 축하할 일이다. 따로 뭔가를 찾으려 노력하지 않아도 몰입할 일이

생긴다는 것. 이 얼마나 다행인가? 지수가 안 좋다면, MTS 앱을 끄고 현생을 지독히 충실하게 살아보자.

혹시 현생을 열심히 산다 해도 퇴근 후에 코인과 거리 두기가 안 될 것 같다면? 그렇다면 퇴근 후에도 뭔가 즐거운 일을 만들자. 저녁 약속을 잡고 지인을 만난다든가, 아니면 앞에서 언급한 전업 투자자처럼 극장에 가서 두 시간만이라도 혼자서 폰 스택(Phone stack) 게임을 해보자.

오늘따라 유독 만날 사람도 없고 영화도 보기 싫고 넷플릭스도 집중이 안 될 것 같다면 차라리 게임을 하거나 운동을 해라. 기왕이면 너무 힘들어서 아무 생각도 안 드는 아주아주 빡센 걸로.

이도 저도 안 되고 도저히 내 잔고에 건국된 '파란 나라' 생각을 멈출 수가 없다면?

그럴 때는 일단 그냥 술 한잔 마시고 한숨 자라. 자는 게 최고다. 그리고 한때 불면증에 시달려봤던 입장에서 말하자면 일단 잠을 잘 수 있다는 것은 그래도 상황이 아직은 견딜 만하다는 거다. 술을 마신 뒤 솔솔 잠이 오면 '아, 나 그래도 아직 괜찮구나. 멘탈 최저점을 찍진 않았구나' 안심하고 그냥 자면 된다.

그렇게 하룻밤 자고, 이틀 밤 자고, 열 밤 자고, 천 일 밤을 자면 설마 안 올라 있겠나?

그러니 그런 날은 그냥 평소보다 일찍 침대에 눕자. 하락장에 존버하느라 우울했던 마음을 잘 지켜낸 스스로에게 '잘 자요'라는 인사를 건네며.

특정 단어를
사용하지 않는 이유

나는 100불녀(@100.fire.girl)라는 부캐로 투자 일기용 인스타그램 계정을 운영하고 있다. 주로 그날그날의 매매나 투자 소식, 투자를 하면서 느꼈던 단상들을 짤막하게 업로드하는 형태로 활용하고 있다.

인스타그램이라는 채널 특성상 아무래도 함축적인 이미지로 소통하는 것이 효과적이다 보니 인터넷 주식, 코인 커뮤니티 등에서 유행하는 짤방 이미지를 자주 사용하는 편이다. 또한 해시태그나 문구에 밈, 드립 등을 많이 사용한다. 그러나 드립을 칠 때 치더라도 내가 지키고 싶은 최소한의 선은 존재한다.

예를 들어 나는 아무리 폭락장이 와도 절대 '한강' 드립은 치지 않는다. 커뮤니티에 도는 한강 관련 유머 짤들을 보면 재미를 느끼기보다는 소름이 끼친다. 우연한 계기로, 내가 이런 이미지들을 유머로 가볍게 소비하는 행위조차 누군가에게 상처가 되거나 아픈 기억을 불러일으키는 트리거가 될 수 있다는 점을 깨달았기 때문이다.

나 역시 몇 년 전까지만 해도 '이거 하다 잘 안되면 한강 가야죠~'라는 농담을 가끔씩 하곤 했다. 어느 날 같은 자리에서 술을 마시던 지인이 내게 이런 말을 털어놓기 전까지는 말이다.

"사실은 제 첫 직장 사수가 우울증을 심하게 앓았는데, 마포대교에서 투신자살을 했어요. 그때 많이 충격을 받아서 그런지, 이런 이야기는 좀 듣고 있기 힘드네요.”

‘내 주변엔 없겠지’라는 막연한 짐작으로 나오는 먼 이야기일 뿐이라고 안이하게 생각하며 농담으로 소비해왔던 말이 누군가에게는 들을 때마다 괴로움을 불러일으키는 패드립(패륜적 드립) 그 자체였던 것이다. 순간 나의 무지함이, 감히 죽음을 소재로 농담을 뱉었던 그 경솔함이 그에게 상처를 주었다는 사실을 깨달았다. 그 뒤로 부끄러워서 한동안 그 지인을 만날 수 없었다.

그날 이후로 나는 절대 한강이나 자살 등 죽음을 연상시키는 인터넷 유행어는 입에 담지 않으려 노력한다.

본인이 투자한 자산이 폭락할 때마다 인터넷 게시판에 장난으로 ‘나 지금 한강이다’라며 소주병과 함께 인증샷을 올리고 한강 수온을 체크하겠다는 둥, 한강 정모를 추진하자는 둥, 그렇게 스스로의 목숨을 걸고 드립을 치는 사람들의 모습을 보면 무섭다는 생각까지 들기도 한다. 왜냐하면 그것은 지금 이 순간에도 누군가에게는 정말로 일어나고 있는 일이기 때문이다. 게다가 이토록 가볍게 자신의 목숨을 건 농담을 내뱉는 사람들에게 한없이 휘둘리며 피해를 입는 것은 언제나 진심으로 생명을 대하는 사람들이기 때문이다.

이미 여기저기 너무 많이 퍼져 대명사처럼 쓰이고 있는 ‘주린이', '코린이'라는 단어도 나는 웬만해서는 사용하지 않는다. 비록 그 말을 쓰는 사람들이 그런 의도를 담아 사용하지 않는다 해도 그러한 표현을 사용하는 행위 자체가 '어린이는 인격적 주체가 아닌 미숙하고 불완전한 존재라는 편견을 강화한다'는 전문가의 의견을 보았기 때문이다.

그 생각에 동의하든 동의하지 않든 간에, 내가 스스로를 표현하기 위해 사용하는 말이 누군가를 비하하거나 불편하게 만들 가능성이 있다면 쓰지 말아야 한다고 생각한다. 대체 불가능한 단어도 아니니까.

물론 나도 완벽할 순 없는 인간이기에 앞으로 살아가면서 무심코 그런 선 넘은 말을 쓰며 누군가에게 상처를 줄 때가 있을지도 모른다. 그럴 때 누군가가 내게 '그것은 잘못된 것이다'라고 말한다면 나는 기꺼이 그 표현을 사용하지 않을 예정이다. 드립에도 지켜야 할 선이 있는 법이니까.

투자자의 모험

내가 아직 초등학생이었을 때, 세상에는 휴대폰이 없었다. 친구와 연락하고 싶으면 삐삐를 쓰거나 집 전화로 대화를 나눠야 했다. 이윽고 모뎀으로 하는 PC통신이라는 게 생겼고 내가 중학생일 때 휴대폰이 생겼다. 천지인 자판을 꾹꾹 눌러 문자 메시지를 주고받았고 벨소리 화음이 16비트인지 32비트인지가 중요했다. 늘 들고 다녔던 CD 플레이어는 어느새 프리즘 모양의 MP3 플레이어로 바뀌었다. 휴대폰 카메라의 화소가 200만 화소에서 500만 화소로 다시 1,000만 화소로 호들갑스럽게 늘어갔다. 그리고 내가 대학생이 되고 조금 지났을 무렵, 세상에는 아이폰이 등장했다.

그렇게 스마트폰이 처음 인간의 생태계에 등장하고 10여 년이 지난 지금, 세상의 모습은 확연히 달라졌다. 아날로그 시대에 태어나 디지털의 발전을 고스란히 체감하며 살아왔던 우리는 이제 가상현실 혹은 그 너머의 것을 향해 계속해서 진격하는 세상을 목도하고 있다. 사람들은 비트코인에 투자하고 가상 인물인 매드몬스터와 나일론 머스크에 열광하며 메타버스 속 자아에 익숙해지기 시작했다. 이렇게 어디에도 존재하지 않고 만져지지도 않는 가상현실의 영향으로부터 우리는 쉽게 벗어날 수 없게 되었다.

그래서 두렵다. 갈수록 가속도가 붙어 폭주하는 이 세상의 엔트로피 속에서 과연 내가 소외당하지 않고 살아남을 수 있는 방법이 있을지. 30대 중반까지 살아오면서 미친 듯이 변화하는 이런 세상의 흐름에 그럭저럭 뒤처지지 않고 선방했다고 생각했는데 이제는 점점 쫓아가기가 버거워진다. 특히 요즘 젊은 세대들이 열광하는 가상자산 투자나 조각 투자, 메타버스 같은 신문물들을 접할 때마다 점점 더 그런 어려움을 절감하게 되는 것 같다.

요즘 MZ세대들은 모든 형태의 가상현실에 거부감을 느끼지 않고 적극적으로 참여하고 투자한다. 비트코인은 말할 것도 없고 NFT 마켓에 콘텐츠를 올려 판매하거나 운동화, 명품 가방, 음원 저작권, 강남 빌딩 조각 투자와 같이 실소유에 구애받지 않는 소액 투자도 꺼리지 않는다. 메타버스는 이미 몇몇 분야에서 상용화가 되었다. 코로나 시국에 건국대학교는 메타버스 공간을 만들어 대학 축제를 진행했고, 네이버의 경우 실제 사옥을 메타버스 속에 재현하여 신규 입사자 OJT를 진행한다. 최근에는 메타버스 서비스인 '제페토'에서 아이템 자산을 디자인하는 제페토 크리에이터라는 새로운 직업도 생겨났다.

누군가는 젊은 세대들이 이와 같이 가상현실이나 가상자산 투자에 열광하는 것을 어리석다고 판단할 수도 있다. 실체도 없고 내재가치도 없는 자산에 선뜻 큰돈을 투자하는 모습이 좋지 않아 보일 수도 있고, 투자가 아닌 도박이나 게임을 하는 것 같다고 비판할 수도 있다. 하지만 그렇다고 해서 젊은 세대들을 마냥 비웃을 수는 없다. 요즘 세대들이 기성세대로서는 도저히 이해할 수 없을 정도로 가상자산에 열광하는 것은, 사상 최초로 부모보다 가난한 세대인 그들이 그나마 꿈이라도 꿔볼 수 있는 곳이 바로 가상현실 세계이기 때문이다.

현실의 자산은 이미 기성세대들이 나눠 가진 뒤이며, 점점 올라가는 땅값은 새로운 세대가 현실에서 축적할 수 있는 부의 진입 장벽을 높여놓았다. 그들은 현실이 아닌 가상현실 속에서 기회의 땅을 찾았고, 디지털 네이티브를 넘어 가상현실 네이티브가 된 그들이 언젠가 사회의 주류가 되는 날, 현실과 가상현실 중 무엇이 주도권을 잡고 있을지는 모를 일이다.

MZ세대에게 투자는 생존이자 놀이이며 오히려 혀만 차고 있는 기성세대들은 멀리 두고 자기들끼리 놀고 버는 것을 선호할 것이다. 기성세대가 이해하기 어렵고 진입하기 어려울수록 MZ세대는 더 재미있게 놀 것이고 더 똑똑하게 부를 축적할 것이다. 그러니 이토록 빠르게 변화하는 세상에서 옛것만 고수하는 꼰대는 살아남지 못한다. 이럴 때일수록 더욱 어떠한 편견도 두려움도 없이, 뭐든지 시도해볼 수 있어야 한다.

내가 '이거 스캠(사기) 아냐?' 하는 마음 반, 비트코인 초창기

진입 타이밍을 놓쳤다는 아쉬움 반으로 가상 지구 부동산 거래 플랫폼인 〈어스 2(Earth 2)〉에 투자하는 것도 이러한 이유에서다. 두려워할 시간도 여유도 없다. 기성세대의 문법으로 꼼꼼히 의심하고 따지는 사이, 기회는 용기 있게 몸을 던져보는 자들에게 돌아간다. 생각해보면 이 세상의 원리가 그러하다. 모든 사람이 신중하고, 본인이 잘 아는 안전한 것에만 도전했다면 그 수많은 개척과 인류의 발전은 이루어지지 않았으리라. 그러니 나도 한번 모험을 해보는 것이다. 세상이 어떤 방향으로 나아갈지 나름대로 예측해보면서.

당장 다음 한 해가 어떻게 변할지는 모르겠지만, 그래도 먼 미래에 대한 예측은 가끔씩 해본다. 나는 궁극적으로 미래에는 꿈이 가장 비싼 상품이 될 것이라고 믿는다. 인간의 인생은 이제 단 한 번으로 끝나지 않는다. 소설 《달러구트 꿈 백화점》이나 《미드나잇 라이브러리》 속 설정처럼 본인이 원하는 꿈을 꾸고 살아볼 수 있는 서비스들이 실제로 생겨날 것이다. 웹소설에 흔히 등장하는 '회빙환(회귀·빙의·환생)'도 메타버스 속에서는 얼마든지 가능할 것이다. 결국에는 모든 콘텐츠가 메타버스 속 인생 게임이 되는 시대가 올 것이다. 현실의 단 한 번뿐인 삶은 웬만해서는 만족스러울 수 없기 때문이다. 그런 불만족스러움이 결국 사람들로 하여금 가상 세계 속에서 대부분의 시간을 보내도록 하는 원동력이 될 것이다. 어차피 그런 미래가 오는 것은 필연이니, 나는 그저 새로운 세상에서 내가 있을 자리를 가급적 빨리 맡아두고 싶을 뿐이다.

Special

Thanks to

: 구 남친에게

9년 전, 내 인생의 첫 취업에 성공했을 때 내 월급 실수령액은 150만 원이었다. 당시 내가 만나던 남자 친구는 작가 지망생이었다. 자연히 우리 두 사람의 조합은 경제적 풍족함과는 거리가 멀었다. 그래서인지 가끔 두 사람의 미래에 관한 대화를 나눌 때면 이런저런 현실적인 걱정이 앞서곤 했다. 그러던 어느 날이었다. 갑자기 그에게서 전화가 왔다.

"혹시 다음 주 수요일 저녁에 시간 괜찮아? 우리 삼촌이 너 취업했다니까 축하 턱 내고 싶으시대."

솔직히 부모님도 아닌 삼촌이, 조카의 여자 친구가 취업했다는 이유로 굳이 역삼동까지 불러서 비싼 밥을 사주시려고 한다는 게 영 부담스럽고 찜찜하긴 했지만, 나는 마지못해 승낙했다. 그리고 약속 당일, 비싼 횟집에서 처음 본 그의 삼촌은 호리호리한 체격에 선한 인상을 가진 중년 남성이었고, 나와 남자 친구를 과장된 몸짓으로 맞이했다. 약간 어색하게 인사를 나누고 우리는 식사를 시작했다.

남자 친구와 삼촌의 대화(둘만 아는 어린 시절 얘기, 축구 얘기, 이런저런 가족들 사는 얘기)를 BGM처럼 들으며 묵묵히 회만 씹어 먹다가 한 시간쯤 지났을까? 어느 정도 서로 배도 채워졌겠다, 적당히 대화의 흐름이 느슨해졌을 무렵 갑자기 삼촌의 관심이 나에게로 향했다. 취업을 축하한다, 요즘 취업하기 쉽지 않은데 참 잘됐다, 똑똑하게 일 잘할 것 같다며 나를 추켜세워 주던 그는 갑자기 이런 질문을 던졌다.

"따로 저축은 하고 있니?"

부끄럽게도 나는 그때까지 적금 한번 들어본 적이 없었다. 겨우 취업을 하긴 했지만 150만 원 월급에 오피스텔 월세와 관리비까지 내고 나면 남는 돈이 거의 없다시피 했으니까. 옆자리에 앉아 있던 남자 친구도 제대로 돈을 모아본 적이 없는 것은 마찬가지였다. 삼촌은 그런 우리의 이야기를 심각한 표정으로 듣더니, 진심으로 걱정스럽다는 듯 한숨을 푹 내쉬며 이렇게 말했다.

"사회생활을 처음 시작했을 때 억지로라도 저축하는 습관을 들이지 않으면 나중에 무척 힘들어져."

그러면서 갑자기 그는 우리에게 돈을 모으라고 권유하기 시작했다. 그것도 강제성이 있어야 한다며 일반 적금이나 저축처럼 그때그때 빼서 쓰기 쉽거나 만기가 짧은 상품이 아니라, 장기적으로 혜택이 보장되면서도 노후에 연금처럼 매달 꼬박꼬박 받을 수 있는 획기적인 상품이 있다는 것이다. 그제야 나는 그의 삼촌이 보험회사 직원이라는 것을 알았다.

"물론 너희는 아직 어려서 돈을 모은다는 것의 중요성을 잘 모를 수도 있어. 그렇지만 한번 생각해봐. 지금 좀 더 아끼고 덜

쓰면서 매월 20~30만 원씩만 적금 넣듯이 이 보험금을 납입하면 10년 뒤에는 목돈으로 돌아오는 거야!"

막힘없는 설명이 한동안 이어진 뒤, 결국 그가 우리에게 권한 것은 10년짜리 연금저축보험이었다. 일단 10년간 납입한 다음 만기 때 찾을지 60세 이후에 연금으로 받을지 선택할 수 있다고 했다. 그는 한발 더 나아가 우리의 미래 설계까지 해주기 시작했다.

"10년 뒤면 둘이 결혼해서 애도 낳고, 슬슬 집도 사야 할 때인데. 그때 가서 3,000만 원이라는 목돈을 찾을 수 있다면 그 자체로 얼마나 든든하겠니?"

그는 우리가 거의 넘어왔다고 생각했는지 본격적으로 질문을 던졌다.

"월급이 얼마나 되나?"

"150만 원인데요."

찰나의 순간 나는 보았다. 마치 먹이를 눈앞에 둔 포식자처럼 흥분으로 가득 차 일렁이던 그의 동공이 살짝 흔들렸던 것을. 그것은 마치 가젤을 먹으려고 사냥해서 잡았는데 알고 보니 태어난 지 3일밖에 안 된 어린 개체였다는 것을 깨달은 듯한 사자의 눈빛이었다. 그는 월급 150만 원을 받는 나와 가난한 작가 지망생인 남자 친구로 구성된 우리 두 사람의 조합을 잠시

측은한 듯 바라보았다. 그렇지만 서류를 꺼내는 그의 손길은 거침이 없었다.

"미래를 생각해서 지금 당장은 좀 힘들더라도 매달 30만 원씩 이체하는 걸로 하자."

그가 우리를 이끌고 승리자의 위풍당당한 모습으로 횟집 계산대 앞에 섰을 때 그의 손에는 우리 두 사람의 이름이 적힌 계약서가 들려 있었다. 마지막까지 한껏 사람 좋은 미소를 지어보이며 '궁금한 게 있으면 언제든지 연락하라'던 그 삼촌이 이후 우리에게 다시 연락을 하거나 비싼 밥을 사주는 일은 없었다. 뛰어난 영업 사원이었던 삼촌이 고객 관리 차원에서 보내는 단체 문자를 수신하는 일이 가끔 있긴 했지만 그뿐이었다.

이후 몇 번의 보험료가 빠져나갔을까. 삼촌의 예상과 달리 남자 친구와 나는 헤어졌고 그는 나의 구남친이 되었다. 그와 헤어진 뒤 그와 엮인 웬만한 물건들은 정리했지만 이 보험만큼은 정리하기가 어려웠다. 다 귀찮아진 나는 내 월급이 애초에 120만 원이었다고 스스로의 기억을 조작하는 방법을 택했다. 그러던 어느 날 그의 삼촌으로부터 명절 안부 문자가 도착했다. 나는 식겁하여 바로 답장을 보냈다.

'저 ○○ 오빠랑 헤어졌어요. 보험은 해지하지 않을 테니 앞으로 이런 연락은 하지 말아주세요.'

불행인지 다행인지 나의 뜻은 받아들여졌고 그 뒤로 그 삼촌에게서는 단 한 통의 문자도 오지 않았다. 이후 9년이라는 세월이 착실히 흘렀다. 부지런히 부어왔던 연금보험은 이제 1년 뒤 만기를 앞두고 있다.

아이러니한 사실은 9년이 지난 지금 내게 목돈을 쥘 가능성을 준 것은 이 연금보험뿐이라는 것이다. 그리고 그것이 실제로 작년에 집을 사는 과정에서 도움이 되기도 했다. 결과적으로 봤을 때 그의 삼촌이 내게 한 말이 반쯤은 맞았던 것이다.

지난 9년간 꼴도 보기 싫어 실눈을 뜨고 봤던 내 계좌를 스쳐 지나갔던 그 모든 30만 원들은 그저 허공으로 사라져버린 것이 아니었다. 그들은 충실한 하인처럼 어딘가에 결집하여 언젠가 그들을 필요로 할지 모를 나를 위해 대기하고 있었다.

올해도 내 통장에서는 매월 말일마다 30만 원이라는 돈이 꾸준히 빠져나간다. 그러나 그것도 내년까지일 것이다. 보험 만기일이 코앞으로 다가왔으니까. 처음 그 횟집에서 구남친 삼촌의 지휘로 보험에 가입했을 때는 영영 오지 않을 것 같았던 30대 중반이라는 나이와 함께.

이 자리를 빌려서 그 삼촌을 내게 소개해주고 연금저축보험을 들게 해준 구남친에게 그래도 고맙다는 말을 전하고 싶다.

한때 그와 헤어지고 나서 욱하는 마음에 '파멸해라 전 남친아' 같은 짤을 저장해서 부적처럼 간직해둔 적도 있었고, 매달 돈이 쪼들릴 때마다 내 월급 사정을 뻔히 알면서 그런 거액의 보험을 가입하게 한 그 삼촌과의 만남에 대해 원망한 적도 있었지만, 그래도 이제는 좋은 마음으로 기꺼이 그의 행복을 빌어줄 수 있을 것 같다. 1년만 더 버티면 내게는 3,000만 원이 생길 거니까.

자기계발은 멀고
재테크는 가깝다

최근 여기저기서 종종 이런 한탄이 들린다.

"요즘 것들은 말이야, 영 근성이 없어 근성이. 다들 주식, 코인, 부동산으로 편하게만 돈을 벌려고 한단 말이야."

무려 수메르 점토판에도 새겨져 있다는 클래식 밈, '요즘 것들' 타령이 최근 들어 다시 부쩍 핫해진 이유는 무엇일까?

단적으로 말하면 나는 그것이 질투에서 비롯된 심리 때문이라고 생각한다. 모든 기성세대의 마음 한구석에는 요즘 것들에 대한 대놓고 표현할 수 없는 동경이 자리 잡고 있다. 단지 기성세대의 입장에서 그것을 드러내어 인정하기엔 좀처럼 체면이 서지 않기에 대놓고 말을 못 하고 저렇게 빙빙 돌려 말하는 것이다.

그러나 젊은 세대가 노동으로 버는 소득 외에 자본으로 소득을 추구하는 행동이 과연 그렇게 나쁜 것일까?

애초에 우리가 돈을 버는 이유는 결국 잘 먹고 잘살기 위해서다. 힘들게 일해서 번 돈으로 산 빵 한 조각에 기쁨과 삶의 의미를 느끼는 모습은 이미 과거의 향수로만 남았을 뿐이다. 요즘 것들의 생태계에서는 고생하지 않고도 돈을 벌고 삶을 누릴 수 있는 기회가 얼마든지 있는데, 누가 굳이 고생을 사서 하겠는가? 그렇기에 나는 저 말이 이렇게 들린다.

"어린 것들이 벌써부터 주식 하고 코인 해서 돈맛부터 보면 어떡해? 우리 기성세대들 밑에서 좀 구르면서 힘든 일도 해보고, 버텨보고 그래야 사내에서 성장도 하고 우리처럼 팀장, 임원도 될 수 있는 거야."

현재 그 자리에 앉아 있는 그들이 고생고생해서 그 자리에 올라가 있다는 건 물론 잘 알겠다. 그것에 대해 어느 정도의 존경심도 있고 대단하다고 생각한다. 그렇다고 해서 꼭 나도 나중에 그들처럼 되길 소망한다는 의미는 아니다. 나는 커리어에 욕심도 없고 팀장이 되고 싶지도 않다. 회사에 다니고는 있지만 회사에서는 그저 최소한의 필수적인 헌신만 하며 버티고 싶을 뿐이다.

요즘은 아무도 회사 내에서 핵심 인력이 되기를 꿈꾸지 않는다. 사실 이건 요즘 것들까지 갈 것도 없다. 요즘 30대, 40대에게는 팀장이나 임원 직급을 단다는 소식이 더 이상 축하할 일이 아니다. 오히려 위로주를 얻어먹어야 할 일이라면 모를까. 이렇게 아무리 회사를 오래 다녀도 임원을 달고 싶지 않은 요즘 세대는 더 이상 회사에 무조건적인 충성을 바치지 않는다.

그렇기에 저런 기성세대들의 오지랖에 대한 내 대답은 한마디로 '팀장은 당신이나 되고 싶겠죠. 전 팀장 안 할 건데요?'가 되시겠다.

한번은 누가 내게 이런 말을 한 적이 있다.

"혹시 사원들이 투자 대박 나서 갑자기 퇴사라도 해버리면 어떡해?"

그 말의 진의는 이러하지 않았을까.

"그럼 나중에 우리 밑에서 '받쳐줄' 사람들이 없어지잖아."

그들은 불안해하고 있는 것이다. 경제적 자유와 그에 대한 열망에 눈뜬 30, 40대들이 언제까지고 계속 회사에 남아 있을 거라는 기대는 행복한 상상일 뿐이다. 까놓고 말해서 직장인 월급만으로는 먹고살 수 없는 시대다. 집값은 천정부지로 오르고 있고 아무리 난다 긴다 하는 대기업이라 해도 대기업의 연봉 상승률 따위는 저만치 앞서가는 부동산 가격과 물가 상승률이 가뿐히 비웃어줄 뿐이다.

그러면 또 재테크로 돈을 쉽게만 벌려고 하지 말고 그 시간에 차라리 자기계발이나 사이드 프로젝트를 하라는 참견이 따라온다. 그런데 생각을 한번 해보자.

회사에 몸을 갈아 넣어 헌신하다 보면 밤 10~11시에 지쳐서 귀가하는데, 어느 세월에 자기계발을 하고 자격증을 따며 무슨 에너지로 사이드 잡을 하느냐는 말이다. (물론 세상엔 초인적인 의지와 노력으로 그 모든 것을 해내는 사이드 허슬러들도 많다. 마치 클라크 켄트가 슈퍼맨으로 변신하듯, 6시에 회사 밖을 나서면서 사장님으로 변신하는 사람들 말이다)

일단 나에겐 무려 70세까지 갚아나가야 하는 빚이 있다. 같이 빚을 나눠 갚아줄 남편도 없다. 60세까지의 내가 부지런히 벌어놓지 않으면 이후 100세까지의 40년을 나 혼자서 무슨 수로 살아가야 할지 까마득하다.

그러나 나는 회사에서 주어지는 일 외에 내가 잘하는 게 또 뭐가 있는지 잘 모르겠다. 그래서 자기계발 같은 건 잘 못 하겠다. 살면서 하고 싶은 것도 장래의 희망도 딱히 없기 때문이다.

그래서 나는 일단 재테크를 선택했다. 내가 주식 하고 금 사고 코인 하는 이유는 지금 나의 역량으로는 앞으로 펼쳐질 인생 후반기의 반전을 노릴 만한 기회가 이것밖에 없기 때문이다.

그렇기에 나에게 재테크는 거의 유일한 희망이다. 비록 별다른 재능도 열정을 갈아 넣어 이루고 싶은 꿈도 없지만, 그래도 앞으로의 내 삶을 지금보다 한 뼘 더 나아지게 만들기 위해 아직 노력해볼 뭔가가 남아 있다는 희망의 불씨 같은 것이다.

막말로 지금 당장 회사에서 잘리더라도 퇴직금을 굴리면 당장 한두 달은 먹고살 만한 돈을 재테크로 벌 수 있다는, 그런 최소한의 자신감. 그것이 바로 삶의 안전망이 되어준다. 나에게 그리고 요즘 것들에게 재테크는 그런 의미가 아닐까. 생존력 말이다.

이렇게 각박한 세상에서 살아남기 위한 최후의 수단으로 재테크라도 해보겠다고 발버둥 치는 걸 어떻게 '요즘 것들은 싹수가 노래서 편한 것만 찾는다'고 폄하할 수 있단 말인가?

그러니 요즘 것들의 재테크 과몰입에 대해서 너무 고깝게 보지는 않았으면 좋겠다. 일에 지장을 주는 것도 아니고 본인이 맡은 회사 업무를 잘 해내는 선에서 퇴근 후 개인적인 시간을 할애하여 주식과 코인에 투자하는 것까지 안 좋게 볼 필요는 없지 않나. '쟤들이 요즘 얼마나 먹고살기 힘들면 저럴까?' 하고 너그럽게 봐줄 수도 있는 일 아닌가.

이런 나의 마인드를 지적하고 싶은 자가 있다면 그중에 오직 자본소득으로 돈 벌고 싶지 않은 자만이 내게 돌을 던질 수 있을 것이다.

주인의식 말고
주주의식

어느덧 데뷔 20주년을 넘긴 장수 아이돌 그룹 신화의 멤버 김동완은 일찍이 이런 명언을 남긴 바 있다.

"신화는 여러분의 인생을 책임져주지 않습니다."

보통 아이돌이라면 팬들에게 절대 하지 않을 그의 남다른 조언은 두고두고 언급되며 화제가 되었다. 팬들이 신화라는 그룹을 좋아하고 응원하는 것도 중요하지만 무엇보다도 자신의 현생을 챙기는 것이 가장 중요하다는 뜻이었으리라.

어느덧 사회생활 10년 차에 가까워지고 있는 내 입장에서는 이 말을 이렇게 바꾸고 싶다.

"회사는 결코 여러분의 인생을 책임져주지 않습니다."

특히 요즘 같은 때에는 더욱 그렇다. 회사에서 주는 월급만 바라보고 있다간 졸지에 '벼락거지'가 되게 생겼는데 누가 회사를 진정 내 회사처럼 주인의식을 가지고 대하겠나?

일찍이 백종원 선생님은 한 방송에 나와서 말씀하셨다. 직원들에게 주인의식을 갖게 할 수 있는 방법은 '없다'고. 일단 내가 회사의 대표가 된다면 그때 가서 비로소 주인의식을 가지는 걸 고려해볼 순 있겠으나 어쨌든 지금 나는 대표도 뭣도 아닌 일개 사원이 아닌가?

이제 대한민국에서 재테크는 더 이상 취미나 부업이 아닌 생존에 더 가깝다. 주인의식이 부족한 회사원으로서 변명을 해보자면 우리도 일하기 싫어서 재테크에 몰입하는 게 아니다. 이미 하늘은 무너졌는데 재테크라도 하지 않으면 도저히 솟아날 구멍이 없어서 그러는 거다.

회사에서 승진해서 커리어로 인정받으라고? 미혼 직장인의 입장에서 회사 월급만 받아서는 내 이름으로 된 집 한 채 마련하기 버겁다. 연차가 쌓이면 좀 달라질 줄 알았는데 직급에 따른 월급 상승분에 비해 회사의 기대치는 천정부지로 높아지고, 오히려 회사에 헌신하면서 내 다른 잠재적 가능성은 점점 더 낮아지는 것 같다.

게다가 근속 연수가 길어질수록 '쟤 여기에 뼈를 묻을 건가 보다'라는 확신이 생길수록 회사는 점점 나를 함부로 대하기 시작한다. 열받지만 당장 대안이 없는 한 때려치울 수도 없다.

젊을 때는 회사를 그만두더라도 그나마 다시 시작할 수 있지만 점점 나이를 먹으면 먹어갈수록 언제 회사로부터 버려질지 몰라 덜덜 떨게 된다. 팽 당하기 싫어서 '회사=나'라고 생각하며 아랫사람들을 들들 볶아보지만 결국 선택받는 것이 내가 될지는 알 수 없다. 이렇게 회사에 주인의식을 가지고 충성하다 보면 내 인생에 주인의식을 가질 수 없게 된다.

정령 직원들이 회사 일을 자기 일처럼 여기고 헌신하길 바란다면 차라리 회사의 지분이나 주식을 적게나마 직원들에게 나

뉘 주고 나서 '주주의식'을 바라는 게 더 현실적이지 않을까? 주주(株主)의 주(主) 역시 '주인'이라는 뜻이니까. 그렇게 회사의 이익을 자기 것처럼 나눌 수 있는 체계를 먼저 마련한 다음 직원에게 주인의식 말고 주주의식을 바라는 것이 그나마 사측에서, 혹은 기성세대가 사원, 대리들에 대해 갖춰야 할 최소한의 양심이 아닐까 한다.

그렇기에 적어도 나 같은 밀레니얼 세대에게 좋은 회사란 임원이 되기 위해 노력하라고, 회사에 유능한 인재가 되라고 격려하는 회사가 아니다. 우리에게 좋은 회사란 경영자 마인드, 주인의식 운운하며 애초에 근본적인 입장이 다르기에 장착이 불가능한 마인드를 강요하지 않고, 오직 하루 여덟 시간의 몰입과 업무 실적만을 바란다며 합리적인 제안을 해주는 회사다.

나는 팀장도 회사의 주인도 되고 싶지 않고, 그저 내 삶의 주인이 되고 싶을 뿐이다. 그렇기에 나는 앞으로도 내가 다니는 회사 하나에 나의 100%를 바치지는 않을 것이다.

대신에 내가 내 포트폴리오 중 가장 많은 영역을 회사와 계약한 주체라고 생각한다. 마치 개인사업자로서 회사와 계약했다는 생각으로, 일단 회사와 계약한 나 한 사람의 몫은 책임감 있게 완수할 것이다. 나는 내 인생의 주인이지 회사의 주인은 아니니까.

트로이의 목마

나에게는 회사가 날 함부로 대할 때 복수하는 아주 소심하고도 사소한 방법이 있다. 바로 회사에서 받은 월급으로 유망한 경쟁사의 주식을 사는 것이다.

모두가 그렇지는 않겠지만 어떤 회사에서 장기 근속을 하다 보면 각종 부조리한 상황에 맞닥뜨리게 된다. 때로는 그 정도가 심해서 '이 회사 이러다 망하는 거 아냐?'라는 생각까지 들기도 한다.

정말 노답인 것은 이 거대한 조직에서 나는 일개 직원일 뿐이기에 이런 일들을 막기 위해 노력하고 의견을 개진해봐도 묵살당하고, 억지로 진행해야 하는 경우가 많다는 것이다. 그러다 보면 곧 모든 일에 무기력해지고 회사 생활에 슬럼프가 찾아온다.

이렇게 회사가 노답이라는 생각이 들 때마다 찾아오는 멘탈의 위기를 나는 유망한 경쟁사의 주식을 사는 것으로 극복하고 있다.

정체되어 있는 우리 회사와는 달리 한없이 잘나가는 것 같은 경쟁사의 전망을 보면 이직하고 싶다는 욕구가 뿜뿜 샘솟기도 한다. 그러나 현재의 회사에 철저히 길들여진 나는 환경의 변화를 무릅쓰고 이직하고 싶진 않다. 한 해 한 해 갈수록 점점 더 이직은 어려워지겠지만 말이다.

그렇다고 이대로 가만히 있기에는 너무 무기력하고 우울하다. 그러니 나는 마음으로나마 이직한다는 생각으로 해당 경쟁사의 주식을 사고, 그 주식이 착실히 오르는 걸 속으로 은밀히 응원하는 것으로 지금 다니는 회사에 소심한 복수를 한다. 비록 몸은 여기 있지만 마음으로나마 이직을 했다는 생각으로 내 돈을 경쟁사에 보내서 불리는 것이다.

회사가 나에게 준 월급은 경쟁사에 흘러 들어가 거기서 불려진 다음 다시 나에게로 오고 있다. 적진에 투입한 돈이 나를 먹여 살리는 이 마인드셋을 나는 '트로이의 목마' 작전이라고 부른다.

회사야, 이건 몰랐지? 좀 봐주라. 나도 먹고살아야지. 정년 퇴직은 이미 구시대의 단어가 되어버렸고, 100세 시대에 너희가 주는 작고 귀여운 월급을 이렇게라도 불려놔야 나도 살 거 아니겠어?

Chapter 3

애哀
∶ 슬픔

나는 화장실에서
월급의 절반을 벌 뻔했다

직장인 개미의 가장 큰 고민은 바로 매수·매도 타이밍일 것이다. 주식 장의 거래 시간은 9시부터 3시 반까지로, 영혼까지 끌어모아 시간외거래까지 쳐준다 해도 6시에는 문을 닫아버린다. 이러한 주식 시장의 시간표는 퇴근한 뒤에는 은행도 관공서도 갈 수 없는 9 to 6 직장인의 비애 그 자체다.

그렇다고 해서 업무 중에 자리에서 주식 시세를 확인하거나 거래를 할 수는 없다. 사무실은 마치 중고등학교 교실 같은 곳이다. 나는 나름대로 머리 써서 잠깐씩 몰래 본다고 하지만 교탁에 앉아 있는 선생님 눈에는 다 보이는 것처럼 말이다. 자리에서 잠깐잠깐 MTS 켜서 주식 하고 코인 하면 사람들은 어느새 귀신같이 알고 있다. 저 사람 주식 한다고.

뻔한 말일지 모르지만 지금 당장 직장을 때려치우고 전업 투자를 할 게 아닌 바에야 직장인에게는 직장인이 본업이다. 그리고 본업을 잘해야 더욱 안정적인 마음으로 재테크에 임할 수 있다. 그러니 들키면 평판만 나빠지고, 태업으로 회사에서 잘릴 가능성만 높아지는데 굳이 그런 위험을 무릅쓰면서까지 자리에서 주식을 해야 할까 싶다.

그럼 직장인은 주식 투자를 하지 말라는 이야기냐고? 그런 건 아니다. 직장인 투자자라고 해서 하루에 시세를 한 번도 확인하지 말라는 법은 없다. 단지, 시세를 꼭 확인해야만 한다면 타이밍을 잘 맞춰서 확인하면 된다는 것이다.

방법은 간단하다. 모든 직장인이 근무시간 여덟 시간 내내 일만 하지는 않는다. 인간이니까 밥도 먹어야 하고 물도 마셔야 하고 화장실도 가야 한다. 그런 기본적인 생리 욕구를 해결하는 순간들을 잘 활용하면 된다.

《주식 공부 5일 완성》이라는 책을 집필한 박민수 작가(a. k. a. 샌드타이거샤크) 또한 계속 시세를 보고 있으면 유혹에 시달릴 수 있으므로 화장실에 갈 때만 한 번씩 체크하라고 권유한 바 있다.

하루 중 화장실에 가는 횟수가 네다섯 번이라고 하면 점심 시간을 포함해 최소 여섯 번 정도는 시세를 확인할 시간이 생긴다. 나는 꼭 강제적인 것은 아니지만 일과 중 화장실에 가는 시간을 대략적으로 정해두고 웬만하면 그때 맞춰 가는 편이다. 홍콩 시장이 열리는 10시 전후로 한 번, 점심시간 무렵에 한 번, 그리고 상하이 오후장이 열리는 2시에 한 번 정도. 주식 투자자들에게 2시는 '약속의 2시'로 불리는데 나는 가급적 이 시간에 맞춰 이를 닦는다. 이를 닦는 동안에는 그래도 다른 때보다 좀 더 여유롭게 스마트폰 화면을 볼 수 있기 때문이다.

이렇게 지내다 보면 신기하게도 나의 장(腸)이 저절로 장(場)에 최대한 맞춰지는 것 같다. 처음에는 생리적인 현상을 내가

인위적으로 조절할 수 있을까 하는 의문이 들었지만, 신기하게도 습관이 되니까 대체로 맞춰지더라. (방광염에 걸릴 정도가 아니어야겠지만)

물론 MTS 앱에 걸어둔 시세 안내 알림이 왔을 때, 급하게 확인해야 할 것 같은 상황이면 벌떡 일어나서 스마트폰을 손에 쥐고 종종걸음으로 화장실로 가긴 한다. 그리고 그런 내 모습을 보며 누군가는 내가 과민성 대장증후군이라고 오해할 수도 있을 것이다. 그래도 자리에서 몰래 보다가 걸리는 것보다는 차라리 낫다.

단, 이렇게 화장실에서 시세를 확인할 때는 한 가지 주의할 점이 있다. 절대로 변기 위에서는 하면 안 된다는 것이다. 스마트폰에 너무 집중하다 보면 깜빡 시간의 흐름을 잊어버릴 수도 있고, 그렇게 시간이 길어지다 보면 항문 질환에 걸릴 위험이 높아진다고 하니까 각별히 유의할 것. 그러니 일단 화장실에 가는 본연의 목적(?)은 순수하게 지키되, 화장실을 오가는 길이나 볼일 보고 손 씻는 전후에 짬짬이 시세를 확인하는 것을 추천한다.

여기서 한 가지 고백하자면 나는 원래 이렇게 화장실에서 주식 투자를 해서 큰돈을 벌게 되면 이런 제목으로 책을 내려고 했다.

'나는 화장실에서 월급의 절반을 벌었다'

사실 지금 이 책을 같이 작업하고 있는 편집자님도 처음 이 책의 아이디어에 대해 대화를 나눴을 때는 이 제목에 꽂히셨다. 그래서 나도 어떻게든 이 제목을 밀고 나가보려 했는데, 이게 사람 맘대로 안 되는 것이다. 거짓말은 못 하겠는데 나는 주식 투자로 아직 연봉의 절반을 벌지 못했고, 내 수익은…… 너무 작고 귀엽기만 했다. 결국 나는 편집자님에게 이렇게 이실직고해야만 했다.

"편집자님, 저 그런데 아직 화장실에서 월급의 절반은 못 벌었어요……."

그래서 엎어질 뻔하긴 했으나 어찌저찌 살려서 이렇게 책을 펴냈다. 비록 초기 구상 단계의 후킹한 콘셉트 그대로 책을 내진 못했지만, 아쉬운 대로 이렇게 제목이라도 바꿔서 한 편짜리 글로 넣어본다. 정말로 벌 '뻔'했던 건 맞으니까. 적어도 내 의지는 그랬다고!

물렸을 땐 역발상

.. 어차피 인생은 길게 보면 우상향이니까

찰리 채플린은 말했다. 인생은 가까이서 보면 비극이지만 멀리서 보면 희극이라고. 투자도 마찬가지다. 지금 잠시 물려 있거나 잘 안 풀려서 마이너스더라도 결국 길게 보면 플러스일 것이다.

시야를 넓혀서 보면 뭐, 비트코인 3년 물렸으면 어때. 앞으로 딱 3년만 살고 죽을 것도 아닌데. 아니, 오히려 3년 더 살면 되는 거 아닌가?

나의 아버지는 종종 이런 말씀을 하셨다.

"지금은 무병장수가 아니라, 유병장수 시대야."

인류의 수명이 길어지고 의학이 발달하면서 각종 질환은 살면서 누구나 한 번쯤은 꼭 겪는 일이 되어버렸다. 병에 걸리더라도 각종 건강검진을 통해 금방 찾아내는 요즘 세상에서는 병에 걸렸다고 해서 그것이 곧 죽음을 의미하지 않는다. 오히려 기저 질환이 있는 사람들은 자신의 병을 인식하고, 평소 자신의 몸 상태를 지속적으로 체크하며 컨디션 관리를 위해 더 세심하게 노력한다고 한다. 단기적으로 봤을 때 병에 걸린 건 악재이지만, 장기적으로 봤을 때는 그로 인해 건강에 좀 더 신경 쓰면서 살게 되니 장수에 도움이 된다는 것이다.

주식, 코인도 비슷한 것 같다. 투자자로 살아가다 보면 목표한 시점에 목표가에 도달하지 못하거나 예기치 못한 하락장에 접어들어 몇 년을 손해 보는 듯한 느낌이 들 때도 분명 있을 것이다. 그러나 그렇게 물린 종목들이 존재하기에 다음번 투자는 좀 더 신중해질 것이고 그런 경험들이 당신을 시장에서 건강하게 오래 살아남는 투자자로 만들어줄 것이다.

그러니 비록 현 시점, 당신의 잔고가 비극적인 상황에 처해 있더라도 지나치게 슬퍼하진 않았으면 좋겠다. 이럴 때일수록 건강 관리에 힘써보자. 실제로 물려버린 시간 만큼 더 살기 위해서는 건강 관리가 필수니까.

그렇게 시간이 지난 뒤 돌아보면 분명 지금의 비극적인 상황을 웃으면서 추억할 수 있는 날이 올지도 모른다. 때로는 살아 있는 한 인생은 어차피 우상향하게 되어 있다는 대책 없는 믿음을 가져보는 것도 정신 건강에 도움이 된다.

어쨌거나 익절은 항상 옳다

주식을 하다 보면 가끔 내 안의 '걸무새'가 출몰할 때가 있다. 조금씩 조심스럽게 어떤 종목을 매수하며 비중을 늘려나가고 있었는데 갑자기 슈팅이 나와서 주가가 하늘 위로 날아가버릴 때 '아, 더 많이 살걸' 한다거나, 팔고 나서 상한가를 가버릴 때 '아 팔지 말걸' 한다거나.

투자라는 것은 쉽지 않은 결정의 순간들로 이루어져 있다. 그 선택의 결과가 어떻든 이와 같은 상황이 닥쳤을 때 마냥 초연할 수 있는 투자자는 아마 거의 없을 것이다. 그러니 많은 사람이 매일 투자를 하면서 수도 없이 이런 생각을 하지 않을까. 특히나 나처럼 질척질척 미련이 많은 성격은 이런 걸무새의 늪에 한번 빠지면 벗어나기 어려울 때가 있다.

그렇지만 주식 투자에서 가정법은 결코 존재할 수 없다. '얼마를 넣었으면 더 벌었을 텐데……' 같은 생각은 애초에 머릿속에서 지워야 한다. 아쉬움과 미련에 오래 사로잡힐수록 이후에 어떤 상황이 닥쳤을 때 이성적인 판단을 하기 어려워진다. 욕심은 결국 판단력을 흐리기 때문이다.

어떤 사람이 A라는 종목에 시드 중 5%의 자금을 투입하여 3만 원의 수익을 봤다고 치자.

'내가 가진 시드의 비중 50%만 태웠으면 3만 원이 아니라 30만 원을 벌었을 텐데……'

초반에는 누구나 이렇게 생각할 수 있다. 그러나 그런 생각에 계속 사로잡혀 있으면 다음에 다른 종목을 매수할 때 시드를 큰 비중으로 몰빵할 가능성이 높아진다. 해당 종목이 수익을 주면 다행이지만 그렇지 않을 경우에는 큰 손실로 이어질 수 있다.

그리고 많은 이들이 간과하는 것이 바로 '채권자-채무자의 관계 역전'이다. 주식은 나 자신과의 심리전이기도 하지만 돈 앞에서 내가 얼마나 초연할 수 있는지에 대해 스스로를 테스트하고 수행하는 과정이기도 하다. 주식 투자는 어찌 보면 돈을 빌려주고 받는 관계와 비슷하다. 내 돈을 맡겨두고 그 돈에 수익이 붙으면 다시 가져오는 것이기 때문이다.

누군가에게 돈을 빌려준다고 생각해보자. 5만 원 정도는 '그냥 줄 수도 있는 돈'이라는 생각에 부담 없이 빌려주고 잊고 지낼 수 있다. 하지만 만약 1,000만 원을 빌려줬다면? 그 1,000만 원이 채권자의 전체 자산 중 50%에 해당하는 큰돈이라면 두 사람 관계의 주도권은 빌려준 돈과 함께 채무자에게 넘어가버리고 만다. 채권자는 자기 돈의 50%를 맡기고 심리적으로 채무자에게 휘둘리게 되어버리는 것이다.

그렇기 때문에 투자를 할 때는 무엇보다 스스로의 깜냥에 대해 항상 생각해야 한다. 나는 어떤 종목에도 총 시드의 20%

가 넘도록 몰빵하지 않는다. 그나마 10% 이상의 비중으로 운용하는 종목들은 가치 투자의 대상이거나 천천히 간을 보다가 특정 수익 구간에 안착하면 조금씩 추가 매수 하여 비중을 차근차근 늘려온 종목들뿐이다. 그마저도 비중이 과하게 넘어간다 싶으면 설사 평균단가상 수익 구간이 아니라 할지라도 분할 매수, 분할 매도를 통해 비중을 정리해둔다. 내 돈의 크기에 마음을 저당 잡혀서 성급하거나 잘못된 결정을 내리고 싶지 않기 때문이다.

일단 스스로가 불안해하거나 연연하지 않을 정도의 금액으로 투자를 했을 때 가장 승률이 좋다. 그런고로 간 보려고 총시드의 5% 정도만 매수했던 종목에서 바로 다음 날 20%가 넘는 수익률을 봤다고 해서 '아, 어제 몰빵했어야 했는데!' 하고 아쉬워하는 것은 아무 의미가 없다. 나는 나를 잘 알기 때문이다. 내가 저 종목에 시드를 몰빵했더라면 오버한 비중 때문에 계속 신경이 쓰여서 수익률 20%까지 기다리지 못했으리라는 것을.

비록 매도 이후 찾아오는 상황이 내 마음에 들지 않는다 해도 크게 개의치 않는 것이 좋다. 굳이 가지 않은 길을 아쉬워하며 괴로워하지 말고 그 에너지를 아껴서 익절의 큰 기쁨을 만끽해보는 게 어떨까? 어쨌거나 익절은 항상 옳으니까.

주주의 계절

축복인지 저주인지는 잘 모르겠지만 우리나라에는 사계절이 있다. 자연히 대한민국 땅에서 주식 투자를 하는 투자자 또한 그 영향으로부터 자유로울 수 없다.

다만 주주의 계절은 일반적인 춘하추동과는 그 느낌이 좀 다르다. 예를 들면 봄은 미세먼지, 여름은 폭염/장마/복날, 가을은 레저+캠핑, 겨울은 난방 등 주주의 계절은 이렇게 그 시기에 주식 시장에서 가장 핫한 테마로 명명된다.

스윙(장기 투자와 단기 투자 사이의 기간 동안 특정 종목을 저점에서 매수하여 고점에서 매도하는 것을 목표로 하는 투자 방식) 매매를 주로 하는 주주라면, 이렇게 다가오는 계절을 내다보고 한 걸음 더 빨리 해당 테마에 탑승하는 예민한 감각이 필요하다. 마치 한여름에 패딩을 고르고 한겨울에 수영복을 골라야 하는 패션업계 MD처럼 말이다.

다만 이런 계절주 투자를 하다 보면 한 가지 느껴지는 게 있다. 바로 지구의 환경이 무척 빠른 속도로 변하고 있다는 점이다. 인류의 생존이 위협받을 정도의 기후 변화 시대에, 계절에 따른 테마를 미리 예측하고 선점하는 형태의 투자는 점점 성공률이 낮아지고 있다. 불과 몇 년 전에 나온 책에서만 해도 계절주 투자는 비교적 안정적으로 테마주에 도전해볼 수 있는 팁으로 소개되곤 했는데 말이다.

일례로 나 또한 계절주 스윙에 실패한 경험이 있다. 2020년 봄에 '올 여름은 최악의 폭염이 찾아올 것'이라는 기상청의 예측 기사를 접하고 미리 창문형 에어컨 업체인 파세코라는 회사의 주식을 잔뜩 매수해두었다. 그런데 막상 여름이 되니 몇 날 며칠이고 계속해서 비만 내리는 거다. 폭염은커녕 오히려 추울 지경이었다. 파세코의 주가는 점점 떨어졌고, 급기야 -30%를 넘는 수익률로 기어이 내 마음을 아프게 했다. 나는 여름의 끝자락인 8월까지도 미련할 정도로 희망을 가지고 기다려봤지만, 결국 제대로 된 무더위를 맞이하지 못한 채 그 여름은 끝나버리고 말았다.

나조차 그 여름 내내 집에서 에어컨을 켠 날이 5일이 채 되지 않았다는 사실을 문득 깨달은 순간, 하찮은 인간으로서 감히 자연을 예측하려 했던 나의 오만함을 돌아보고 반성하게 되었다. 당연하게도 날씨는 내 뜻대로 되는 것이 아니었다.

그래도 아직까지 사계절 투자법은 실패보다는 성공 확률이 약간 더 높다. 지구는 돌고 시간은 흐르고 계절은 반드시 돌아오게 되어 있으니까. 다만 그 계절의 특성이 우리가 예전에 기억하던 모습과 조금 달라질 수 있을 뿐이다. 그러므로 주주에게는 자신만의 사계절 테마 플랜이 필요하다. 순환하는 계절에 대한 감각을 언제나 예민하게 간직하고, 나아가 앞으로 변화하

게 될 계절의 모습을 예측하는 것. 그것이 기후 변화 시대의 주

주로서 갖춰야 할 최소한의 소양이 아닐까.

돈텔파파

.. 아버지는 주식 투자가 싫다고 하셨어

추억의 고전 게임 중 〈프린세스 메이커〉라는 육성 시뮬레이션 게임이 있다. 플레이어는 어느 날 갑자기 나타난 10세 소녀의 아버지가 되어 8년간 그녀를 책임지고 키워야 한다. 게임은 소녀의 18번째 생일에 엔딩을 맞이하게 되는데, 보통 그녀가 갖게 되는 직업에 따라 엔딩의 클래스가 정해진다. 〈프린세스 메이커〉답게 진엔딩은 그 나라의 왕자와 결혼해 프린세스(왕자비)가 되는 것이며, 그 외에 수녀, 선생님 등이 되거나 가장 많이 접했던 아르바이트를 전업으로 하게 되는 등 다소 시시한 엔딩을 맞이하기도 한다.

나는 가끔씩 그런 생각을 한다. 아버지와 내 인생을 〈프린세스 메이커〉에 대입하면 이건 배드 엔딩이 아닐까 하고. 어릴 적 아버지는 내가 검사가 되길 바랐고, 매주 함께 서점에 가서 책을 한 권씩 사주셨다. 그러나 나는 아버지가 바라던 검사는 되지 못했고 그냥 책을 좋아해서 작가를 꿈꾸는 사람이 되었다. 한창 나이에 사업가로 잘나갔었던 아버지 입장에서는 하나밖에 없는 딸이 한없이 작고 귀여운 수입의 월급쟁이가 되어버린 것도 허탈한데, 그 외 시간에도 한 푼이라도 더 벌 궁리는 안 하고 돈도 안 벌리는 글이나 쓰겠다고 허구한 날 컴퓨터 앞에만 앉아 시간을 보내는 꼴을 속절없이 지켜보고 있는 셈이다. 만약 내 아버지가 〈프린세스 메이커〉의 플레이어라면 이번 판은

'나가리(실패한 판)'가 아닐까.

그래서일까? 아버지는 나를 보면 항상 이렇게 말씀하시곤 한다.

"너는 어쩜 애가 그렇게 그릇이 작니?"

맞는 말이다. 나는 본디 소심했다. 사업가인 아버지는 지금의 나와 비슷한 30대 중반의 나이에 성공과 파산이라는 인생의 단맛과 쓴맛을 제대로 봤다. 아버지는 그 모든 것을 담대히 이겨냈지만, 심장의 스케일이 그렇게 크지 못했던 나는 어릴 때부터 그런 아버지의 모습을 보면서 그런 삶은 살지 않기로 일찌감치 결심했다. 그렇기에 극단적인 모험은 될 수 있는 한 피하고 미래가 예측되는 삶을 살고자 노력해왔다. 평생을 야수의 심장으로 급등과 급락을 오가며 살았던 아버지의 인생 그래프에 비하면 내 인생은 상대적으로 안전한 박스권에만 머물러 있었던 셈이다.

그런 내가 2020년 1월에 단타를 시작으로 본격적인 주식 투자를 시작한 것은 내 입장에서는 엄청난 모험이나 다름없었다. 또한 그것은 '살면서 사고는 얼마든지 쳐도 좋으니 주식 투자만큼은 절대로 하지 말라'는 아버지의 충고를 거부한 내 인생 최초의 반항이기도 했다. 다만 이 반항은 바로 아버지를 위한 것이기도 했다.

〈프린세스 메이커〉를 플레이하다 보면 아무리 가이드대로 열심히 해도 딸이 여왕이 되는 엔딩에 도달하기가 매우 어렵다. 나 또한 그 게임을 열심히 했던 플레이어로서 나의 아버지에게 감정 이입을 해보면 문득 그의 생이 가여워지곤 한다. 리셋도 안 되는 이번 생에서 기껏 고생하며 키운 딸의 인생이 이토록 시시하다니! 내 나이도 어느덧 30대 중반에 접어들었으니, 〈프린세스 메이커〉 엔딩을 보고도 두 배나 시간이 지난 셈이다. 일로 성공한 것도 아니고 결혼을 해서 행복한 가정을 이루지도 못했다. 그렇다고 이제 와서 내가 피겨 여왕 김연아 같은 대박 딸내미로 다시 태어날 순 없는 것 아닌가.

나는 아버지를 기쁘게 해드리고 싶었지만 현재의 나로서는 방법을 찾을 수 없었다. 그래서 나는 주식 투자를 시작했다. 매달 따박따박 통장에 꽂히는 내 쥐꼬리만 한 월급으로 아버지를 감동시킬 수 없다면 이제 내게 남은 삶의 반전은 재테크밖에 없지 않은가.

예순이 훌쩍 넘은 아버지는 남들 다 정년퇴직하는 나이에 아직도 일을 하신다. 이게 다 큰딸인 내가 아버지가 보기엔 경제적으로 영 미덥지 못한 삶을 살고 있어서라는 생각을 하면 서글퍼진다.

나도 효도하고 싶다. 결혼해서 손주를 보여드리지 못한다면,

그냥 돈이라도 많이 벌어서 평생 혼자 고생하며 나를 키워온 아버지에게 좋은 집을 선물하고 싶고 차도 선물하고 싶다. 그러나 사업가인 아버지의 눈높이와 스케일은 직장인인 내가 쫓아가기에는 너무도 크고 원대하다. 그러니 현 상황에서 그나마 내가 할 수 있는 재테크라도 잘하고 싶은 것이다. 당장 아버지에게 좋은 집과 차를 선물하진 못하더라도 아버지 이름으로 된 보험을 하나라도 더 들어드리고, 스마트폰을 최신형으로 바꿔드리고, 같이 외식할 때 밥을 턱턱 사드릴 수 있을 정도로. 연세가 있으시니 혹시라도 나중에 아프실 때 돈 때문에 내가 구차한 생각을 하지 않을 정도로 말이다. 현실적으로 수입이 고정된 직장인인 내가 아버지에게 금전적으로 효도할 만큼의 반전을 노릴 수 있는 방법은 결국 재테크뿐이니까.

2020년에는 다행히 주식 투자 수익이 꽤 나서 아버지 명의의 보험을 하나 새로 들었다. "네가 어디서 이런 돈이 나서?"라고 말하면서도 군말 없이 가입해준 아버지는 다행히 아직 내가 주식 투자 하는 것을 눈치채지 못한 것 같다. 다만 주말마다 뵙는 아버지가 이렇게 말씀하실 때마다, 나는 초점 없이 흔들리는 동공을 황급히 수습하려 노력할 뿐이다.

"너 주식 투자 하고 그러는 거 아니지? 아빠는 우리 딸 믿어."

사실 이 책의 출간 소식은 아직 아버지에게 알리지 못했다. 책이 나오고 나서도 과연 아버지에게 이 책을 건네드릴 수 있을지 모르겠다. 알릴 것인가 말 것인가. 그것이 문제로다.

주라밸

.. 하루를 어떻게 사느냐는 물음에 답하며

나는 투자하는 직장인이고 직장에 다니는 개미 투자다. 그렇지만 누구보다도 열정적으로 주식 투자를 하고 있다. 그 사실을 아는 사람들은 종종 내게 '대체 하루를 어떻게 보내는 거냐'고 물어오곤 한다. 딱히 특별할 건 없지만, 그래도 물어보는 사람이 많으니 이 자리를 빌려 투자자인 나의 주간 루틴을 짧게 정리해보고자 한다.

일단 평일 오전 출근길에는 단톡방에 올라온 각종 경제 뉴스들을 확인한다. 이건 웬만한 투자 관련 단톡방에서는 다 돌아다니는 것이긴 한데, 보통은 '신문 1면 모음/경제 뉴스 모음/부동산 뉴스 모음' 이런 게 한 30장짜리 이미지로 단톡방에 올라온다. 아무래도 출근 시간이 빠듯하고 작은 스마트폰 화면으로 지면 형태의 이미지를 보는 것도 조금 불편해서 헤드라인 위주로 휙휙 넘겨가며 보다가 눈에 띄는 것이 있으면 좀 더 자세히 보기도 한다.

때로는 저런 게 너무 많아서 읽기 귀찮으면 그날그날의 주요 뉴스나 정보를 한 줄씩으로 짧게 요약해서 카드 뉴스 형태로 편집한 이미지들을 찾아보기도 한다(주로 인스타그램에 자주 올라온다). 그렇게 오전에는 정보를 습득하고 특히 내가 현재 보유하고 있는 종목이나 관심 갖고 있는 종목과 관련이 있다면 더욱 유심히 본다.

출근하고 나서는 전날에 매수·매도를 생각한 종목이 있을 때와 없을 때에 따라 약간 달라진다. 미리 생각해둔 종목이 있을 경우, 오전 중에 화장실에 가거나 정수기에 물을 뜨러 갈 때 목표한 가격 근처에 미리 매수·매도를 걸어두는 편이다. 종목이 없을 경우에도 대체로 화장실에 가거나 정수기에 물을 뜨러 갈 때 잠깐잠깐 시세를 체크한다. 다른 때는 몰라도 '약속의 2시'만큼은 이를 닦으러 화장실에 가는 김에 시황을 꼭 체크하는 편이다. 꽤나 칸트적이다.

퇴근길에는 보유 종목과 관심 종목의 시세 및 시황을 체크한다. 그리고 필요하다면 시간외 매매를 한다. 회사에서 시차 출퇴근을 하고 있기 때문에 퇴근하고 나서도 한 30분 정도는 시간외 매매가 가능하다.

그렇게 그날 장도 다 마무리되고 집에 와서 씻고 저녁을 먹은 뒤에는 다시 컴퓨터 앞에 앉는다. 그날 뉴스나 시황을 정리해주는 팟캐스트를 하나 틀어두고 드롭박스에 저장해둔 매매 일지를 열어 작성한다. 주로 적는 내용은 그날 매수·매도한 것과 주요 뉴스이며, 가끔은 다음 날 어떤 종목을 매수·매도할지 작전을 짜기도 한다.

그 외의 자유 시간을 어떻게 쓰는지는 그때그때 다르다. 주식이나 투자 관련 책을 읽거나 관심 가는 종목들의 애널리스트 보고서를 읽기도 하고 종목 토론방이나 주식 관련 단톡방에서 수다를 떨기도 한다. 가끔 주식 관련 예능이나 유튜브도 본다.

그러다 밤이 되어 미국 주식이 열리면 한번 들어가서 시황을 쓱 살펴본다. 사실 해외 주식이나 코인에까지 국내 주식에 하듯이 엄청난 에너지를 쏟기는 버겁다. 그래서 미국 주식은 내 노후에 1주씩 팔아서 생활비로 쓸 만한 유명하고 든든한 주식만 매수하기 때문에 자주 매매하진 않고 그냥 어찌 돌아가고 있나 체크만 해둔다. 한 달에 한 번 월급날이나 테슬라, 비욘드 미트 같은 내 장투용 종목들의 시세가 조금 떨어져 있으면 간간히 추가 매수 하는 정도로만 대응하고 있다.

코인은…… 잘될 때는 새벽까지도 했는데 요즘은 잘 안돼서 그냥 안 들여다본다. 다만 올해 6월부터 하루에 비트코인과 이더리움을 각각 1만 원어치씩 매수하는 챌린지를 하고 있어서 하루에 한 번씩 들어가긴 한다. 그렇게 그날 할 일을 다 마치면 잠자리에 든다. 월요일부터 금요일까지는 대체로 이렇게 반복된다. 금요일에는 주간 인사이트를 뽑아 매매일지에 정리하는 과정이 추가되긴 하지만.

그리고 주말엔 쉰다. 주식 생각도 안 하고 가능하면 주식 책도 안 본다. 어차피 장도 안 열리는데 하루 종일 그것만 생각한다고 내 뜻대로 되는 것도 아니고. 대신 내가 좋아하는 책이나 영화를 보고 운동을 하면서 투자자가 아닌 개인으로서의 삶을 한껏 즐기고자 노력한다. 이런 과정에서 자연스럽게 투자 아이디어를 얻게 되는 경우도 있다.

아무리 별로인 회사라도 주말이 있어서 그럭저럭 다닐 만한 것처럼 주식 투자도 이렇게 적당히 '주라밸'을 챙겨야 번아웃도 좀 덜 오는 것 같다. 특히 나 같은 경우에는 뭐든지 과몰입하는 성향이 있어서 이런 거리 두기가 더 필요한 것 같다.

누군가에게 나의 이런 투자 루틴을 설명했더니 '그럼 연애는 어떻게 해요?'라는 질문이 돌아왔다. 놀랍게도 나는 그런 것을 걱정할 필요가 없다. 아싸(아웃사이더)여서인지 태생적 히키코모리라서 그런지, 작년 이후로 꾸준히 유지해온 이 루틴이 어떤 외부적 요인에 의해 방해받은 적은 정말 극히 손에 꼽을 정도다. 마치 속세와 한참 떨어진 수도승처럼 놀랍도록 규칙적이고 평온하게 루틴을 유지하고 있다. 그 사실이 때로는 약간 슬프기도 하다.

은둔자의
투자법

글렌 굴드라는 피아니스트가 있다. 그는 20세기 최고의 피아니스트로 칭송될 정도로 천재적인 실력을 가졌지만 사회성이 뛰어나진 않았다. 조용하고 예민한 성격에 결벽증을 포함한 다양한 정신 질환을 가지고 있었다. 괴짜로 살았던 그는 고독을 즐기는 은둔자였다.

이렇게 남들처럼 평범한 삶을 사는 게 익숙하지 않은 천재들의 삶의 궤적에는 비극적이지만 어쩐지 사람의 마음을 자극하는 면이 있기 마련이다. 천재, 그것도 음악 천재가 나오는 영화는 항상 나를 사로잡는다. 그러니까 피아니스트 글렌 굴드의 삶에 대해 다룬 〈글렌 굴드에 관한 32개의 이야기(Thirty Two Short Films About Glenn Gould)〉라는 다큐멘터리 영화를 흥미롭게 보게 된 것도 처음에는 천재들에 대한 동경심 때문이었다.

그런데 영화를 보다 보니 생각지도 못한 흥미로운 사실을 알게 되었다. 바로 은둔자이자 천재 피아니스트였던 글렌 굴드가 주식 투자의 대가였다는 것이다.

'은둔자' 하면 사람들이 떠올리는 인물은 보통 속세를 초월한 이미지다. 산속 깊은 곳의 절에 사는 수도승이라든지, 가끔씩 기상천외한 모습으로 방송에 얼굴을 비추는 자연인이라든지. 사회적 동물인 인간으로 태어나 굳이 은둔을 제 삶의 방식으로 채택한 이들은 그만큼 현실적이고 세속적인 가치에 관심이 없을 것이라고 여겨진다. 세상 돌아가는 일에도 관심 없고 오로지 자신이 좋아하는 것에만 집중하고 몰두하고자 쓸데없는 것들은 다 끊어내는 이미지랄까. 껍데기는 가라, 뭐 그런 거.

그런데 천재 피아니스트인 글렌 굴드는 주식 투자를 했다. 그것도 매우 잘. 심지어 주위에서 "저 종목 하나만 짚어주시면 안 되나요?" 하고 부탁할 정도로 잘했다. 얼마나 족집게였으면 자주 가던 레스토랑 종업원조차 그에게 종목 추천을 부탁할 정도였다고 하니, 이 정도면 그냥 어설프게 한 것도 아니고 정말 '찐'이었다고 볼 수 있지 않을까.

어릴 때는 그런 모순적인 조합이 좀처럼 이해가 되지 않았다. 은둔자적인 삶을 사는 천재 피아니스트인데 주식 투자도 잘해. 이게 딱 피부에 와닿지가 않았다는 얘기다. 그런데 2020년에 코로나 시국이 찾아오자 나 또한 자의 반 타의 반으로 은둔자가 되어버렸다. 거기에 더해 때맞춰 시작한 주식 투자 덕분에 나도 엉겁결에 글렌 굴드와 같은 은둔형 투자자가 되었다.

나도 사회성 떨어지고, 생각 많고, 시간이 나면 혼자 골방에 틀어박혀 뭐라도 글로 써서 풀어내긴 하지만 감히 나 자신을 예술가로도 작가로도 칭하지 않는다. 그러나 골방에 갇힌 은둔형 내향인으로서 코로나 시국 내내 주식창을 들여다보다 보니, 어째서 글렌 굴드가 그렇게 고립된 삶을 살면서도 주식 투자에 열렬히 몰두했는지 조금은 알 것 같았다.

아무리 은둔형 외톨이라도 인간은 사회적 동물이다. 살아 있는 한 인간은 필연적으로 자신 외의 존재인 타인에 대해 궁금해하게 되어 있다. 아무것도 없는 독방에 가둬두면 인간은 아마 미쳐버릴 것이다.

그러니 굴드가 아무리 사람을 멀리했다 해도 혼자 내내 골방에 처박혀 있는 것이 아예 외롭지 않았다면 거짓말일 것이다. 주식 투자는 그가 스스로를 가둔 골방으로부터 세상을 내다볼 수 있는 최소한의 창문 같은 것이 아니었을까. 요즘에야 인터넷 채팅이라도 하지 그때는 그런 게 뭐가 있었겠는가. 그러니 주식이라도 했던 거지. 어쩌면 주식 투자에 몰두하는 행위야말로 인간이라는 존재와 직접 관계 맺는 것을 버거워한 그가 이 세상과 소통하는 유일한 방법이었을지도 모른다. 자신의 괴팍함 때문에 스스로 직접 그 세상을 경험할 수는 없었어도 주식 투자를 하다 보면 보이는 세상의 흐름과 사람들의 생각, 욕망의 거대한 흐름 등에 매료된 것이 아닐까. 꼭 세상에 섞여야만 그 속에서 함께 살아가야만 세상을 관조할 수 있는 것은 아닐 테니까.

일전에 재미로 사주를 본 적이 있다. 철학관 할머니는 내 사주를 보더니 이렇게 말씀하셨다.

"넌 직장 생활 안 맞아. 그냥 뒷방 할머니처럼 주판 두들기며 살아야 돼."

그때는 뒷방 할머니가 뭔 말인가 했는데……. 회사가 끝나면 방에 앉아서 매매일지를 들여다보고 주식, 코인 관련 뉴스와 증권사 분석 리포트들을 보며 머리를 굴리는 내 모습에, 문득 '아, 이래서 뒷방 할머니 사주라고 했나 보다' 하는 깨달음이 찾아오곤 한다.

물론 사주가 100% 맞는 건 아니겠지만 이게 바로 '뒷방 할머니'의 운명인가 싶다. 기왕이면 글렌 굴드처럼 천재성도 같이 타고났으면 좋았을 텐데. 그의 천재성을 닮지 못한다면 은둔형 주식 고수의 놀라운 투자 실력이라도 닮기 위해 노력해보련다.

이건 투자할 돈,
이건 내가 쓸 돈

직장인들이 자주 하는 말 중에 '월급이 통장을 스치운다'라는 말이 있다. 나는 이 표현에 굉장히 공감하는 편이다. 내 월급은 문자 그대로 정말 통장을 스치고 지나가기 때문이다.

월급날 오전 10시 전후로 급여가 입금되어 문자 알림이 뜨면 나는 바로 스마트뱅킹 앱을 실행한다. 그리고 미리 계산해둔 그 달의 고정 지출(주택담보대출 이자, 관리비, 각종 보험료, 통신비 등)을 제한 나머지 돈을 다음의 계좌로 각각 분배하여 송금한다.

· 국내 주식 계좌
· 해외 주식 계좌
· 금 현물 계좌
· 케이뱅크(업비트 원화 송금을 위함)
· 일 단위로 이자가 붙는 CMA 계좌

이렇게 보내진 돈들은 각각의 자산을 추매하기 위한 시드로 변환된다. 이처럼 나의 월급은 정말로 그저 통장을 스쳐 지나가기에 나에게 월급 통장이란 재테크 시드를 충전하기 위한 시드 충전소이자, 각 계좌로 시드를 분배하기 위한 환승역일 뿐이다.

문제는 이렇게 월급을 받는 족족 재테크용으로 분배해 송금해버리다 보니 정작 내가 쓸 생활비가 없어진다는 것이다. 그래도 뭐 어떤가. 그냥 들고만 있었다면 써버렸을 돈을 시드로 활용하여 더 불릴 수 있다면, 당장의 한 달이 궁핍해도 어떻게든 버텨진다.

그러고 보면 '더 가지고 싶다'는 인간의 욕망은 얼마나 놀라운가? 어쩌면 돈을 절약하는 가장 좋은 방법은 무조건 사고 싶은 마음을 꾹 눌러 참는 것이 아니라, '지금 이걸 사고 싶은 마음을 잠시 참고 그 돈으로 투자를 하면 나중에 얼마든지 살 수 있다'고 생각하는 것일지도 모른다. 사고 싶지만 못 살 것 같다는 수동적인 생각이 아니라, '돈을 불려서 나중에 산다'고 하는 재테크적이고 공격적인 사고로 전환하는 것이다.

예전에 누가 나에게 이런 조언을 한 적이 있다.

"절약하는 것으로는 절대 부자가 될 수 없어. 부자가 되려거든 일단 인컴(Income, 수입)을 늘리는 데 더 집중해야 돼."

덧붙여 그는 어차피 인간이 최상의 컨디션으로 노동이나 자본 활동을 할 수 있는 시간은 인생에서 극히 한정된 기간이므로 그 짧은 시기 동안 인컴을 극대화하기 위하여 최대한 많은 수익 활동을 하는 데 집중해야 한다고 말했다.

예전에는 그 말이 잘 와닿지 않았지만 재테크에 몰두하고 있는 최근의 나에게는 무척 와닿는다. 최선의 방어는 공격이라고

이건 투자할 돈, 이건 내가 쓸 돈

했듯이 사람은 돈을 좀 벌어봐야 비로소 돈 귀한 줄 알고 아끼게 되는 것인지도 모른다.

어찌 됐든 재테크 시드를 벌기 위해 오늘도 나는 출근을 하고 아르바이트를 한다. 기계치라 직접 코인 채굴은 못 해도 원화(KRW) 채굴은 할 수 있을 테니까!

건강 관리도
재테크다

30대가 되니 한 해 한 해가 갈수록 체력이 예전 같지 않음을 느낀다. 20대 때 내 체력의 그래프는 완만한 우상향이었는데 30대에 들어서고 이제 30대 중반이 되고 나서야 나는 인정하게 되었다. 내 체력의 그래프는 이제 막 포물선의 꼭대기를 넘어섰으며 앞으로 내가 아무것도 하지 않는 한 이 그래프는 점점 더 아래로 아래로 떨어져 내릴 것이라고.

서글프긴 하지만 그렇다고 가만히 앉아서 당하고만 있을 수는 없다. 비록 세월을 역행할 수는 없겠지만 그래도 가급적이면 천천히 늙고 싶다는 마음으로 나는 운동을 한다. 이제는 가만히만 있어도 근육이 빠지니 그나마 얼마 남지 않은 근력이라도 유지하기 위해서는 결국 꾸준히 운동을 하는 수밖에 없다.

나이를 먹어도 꾸준히 근육을 키우고 유지해야 하는 이유는 그것이 바로 인간의 생존과 직결되는 가장 크리티컬한 신체 조직이기 때문이다. 생각하는 데 뇌가 필요하다면 생존하는 데는 근육이 필요하다. 즉, 근육은 육체와 본능의 뇌라고 볼 수 있다. 나는 실제로 인간이 뭔가 중요한 판단을 내릴 때, 그 생각과 고민의 깊이는 그 사람이 가진 근육량에 비례한다고 생각한다. 뇌는 생각하는 조직이지만 근육은 그 생각을 오래 지속하는 끈기와 집요하게 파고들 수 있는 에너지를 준다. 기력이 없는 사람들은 오래 생각하는 것을 싫어하고 빨리 대충 결정을 내리고 쉬고 싶어 한다. 그러니 인간의 생각하는 힘은 뇌가 아닌 근육에서 오는 것 같다는 나의 '킹리적 갓심(매우 합리적인 근거와 정황이 있다는 뜻)'에도 어느 정도는 일리가 있다고 본다.

투자를 한다는 것은 매 순간 고민을 거듭하고 중요한 의사 결정을 해야 하는 선택의 연속이다. 투자와 생업을 병행하고 있는 직장인 개미 투자자들은 특히나 필연적으로 에너제틱한 삶의 태도를 요구받게 되는데, 이때 끈기와 집념을 북돋아줄 근육이 없다면? 늘 지쳐 있고 피곤해서 생각을 할 여유가 없다면? 과연 투자를 하면서 내려야 할 수많은 결정들을 제대로 할 수 있을지 의문이다.

100세 시대, 우리에게는 긴 노년이 기다리고 있다. 지금 우리가 내 집 마련이다 재테크다 갖은 노력을 하는 것도 결국은 그 긴 노년을 조금이라도 덜 두렵게 보내기 위함이다. 그런데 막상 이대로 60대가 되고 70대가 되었는데 몸이 아프고 근육이 없어서 만사가 귀찮고 활력이 부족하다면? 그 상태로 30년, 40년을 살아가는 것은 너무 답답하지 않을까.

혹시 그 사이에 크게 아프기라도 한다면? 재테크에서는 플러스를 추가하는 것도 중요하지만 그만큼 마이너스를 줄이는 것도 중요하다. 건강 관리를 한다고 해서 무조건 병을 막을 수 있는 것은 아니지만 어느 정도는 리스크를 줄일 수 있다(적어도 몸에 근육이 부족해서 생길 수 있는 사고들과 그로 인한 생돈 유출만큼은 막을 수 있을지도 모른다). 그러니 결국은 건강 관리도 재테크의 일환이라고 생각하고 미리미리 부지런히 해둬야 한다.

고령층 인구가 많은 일본에서는 건강한 노년을 대비해 미리미리 필수 근력 운동을 꾸준히 하는 행위를 '근육 저금'이라고 표현한단다. 저축의 나라 일본에서 근육을 강화하기 위한 운동을 저금으로 표현한다는 것은 그 자체로 무척 의미심장하다. 그들은 근육 또한 돈처럼 한 살이라도 젊을 때 벌어서 꾸준히 축적해놔야 하는 자산으로 보는 것이다. 그리고 어쩌면 근육 또한 돈처럼 한 살 한 살 나이를 먹고 삶이 패턴화될수록 더욱 저금하기 힘든 것일지도 모르겠다.

다시 한번 강조하지만 근육이 있어야 생각도 더 깊게, 더 오래 양껏 할 수 있다. 그러니 이 땅의 모든 투자자들도 너무 컴퓨터나 스마트폰만 들여다보지 말고, 잘 먹고 잘 자고 근력 운동도 하면서 건강 관리도 재테크만큼이나 공들여 했으면 좋겠다. 아프고 기운 없어질 때쯤 깨달으면 이미 늦은 거니까. 그러니 평소에 부지런히 근력 운동을 하자. 뭐, 때로는 투자와 운동을 결합해도 좋다. 예를 들어 수익률 -1%에 스쿼트 열 개씩 한다든지.

사실 근력 운동을 하는 동안만이라도 잡생각을 안 할 수 있다는 것 또한 굉장한 장점이다. 늘 복잡하게 머리를 굴리는 우리에겐 가끔은 이렇게 머리가 아닌 몸으로만 생각하는 시간도 필요하다.

나는 주식으로
인생을 배웠다

《지적 대화를 위한 넓고 얕은 지식》이라는 베스트셀러를 쓴 작가 채사장은 한때 주식 투자를 열심히 했다고 한다. 그는 〈어쩌다 어른〉이라는 방송에 출연하여 주식 투자를 통해 삶의 태도를 배웠다고 고백하며 이렇게 말했다.

"주식 투자를 하다 보면 계속 실패를 하게 되고, 내가 하고자 하는 일이 다 이뤄지지 않는다는 것을 알게 됩니다. 그러다 보니 내가 갖고 있는 원칙, 정보, 노력을 이용해서 문제를 해결해나가야 한다는 것을 알게 되었죠. 내적인 수행을 하는 데는 주식이 아주 효과적입니다."

사회는 생각보다 안정적이어서 살면서 겪을 수 있는 실패를 막아주는데, 그런 실패를 경험하게 해주는 것이 바로 주식 시장이라는 것이다. 2020년 코로나 시국에 주식에 입문한 동학개미인 나는 다행히(?) 채사장과 달리 주식 투자를 하면서 그렇게 많은 실패를 경험하지는 못했다. 그렇지만 내적인 수행을 하는 데 주식이 아주 효과적이라는 말에는 매우 공감한다.

처음에는 주식 투자를 잘하려면 경제, 경영 지식이 필요할 줄 알았다. 주식 투자와 관련하여 찾아본 책들의 분야가 전부 경제, 경영이었기 때문이다. 그러나 본격적으로 투자를 하다 보니 주식 투자는 경제, 경영에만 국한된 분야가 아님을 알게 되었다. 주식 투자를 학문 분류로 표현한다면 아마도 인문학이

나 철학이 될 것 같다. 자본주의 사회에서 인간의 욕망의 대리물인 돈의 흐름을 알려면 결국 인간을 알아야 하고, 세상에 대한 호기심이 있어야 하며, 나 자신을 파악해야 하기 때문이다.

재무제표를 볼 때도 단순히 재무제표의 숫자를 읽는 것이 아니라, 지난 분기 세상이 어떻게 변해왔는지에 대한 인사이트를 얻어낼 수 있어야 한다. 더 나아가 세상이 앞으로 어떻게 변할지를 예측하여 투자처를 발견하는 통찰력 또한 인문학을 기반으로 한 철학적 고민이 뒷받침되어야 갖출 수 있다. 예를 들어 당장 코로나19가 끝난 이후의 세계를 예측하려 할 때에도 고려해야 할 요소는 무궁무진하다. 코로나19 이전의 인류와 이후의 인류는 결코 같을 수 없을 것이다. 팬데믹 이후 열릴 신인류의 시대에 중요하게 여겨질 가치는 무엇일까? 사람들은 무엇을 위해 소비를 할까? 이런 고민을 할 때는 인간이라는 존재 자체에 대한 이해와 관심이 경제와 자본의 논리보다도 중요하게 작용한다.

요즘 나는 더 늦기 전에 주식 투자를 시작해서 참 다행이라고 생각한다. 주식 투자는 인생을 보다 총체적으로 깊이 있게 살아가기 위해서 꼭 경험해봐야 하는 일인 것 같다. 필연적으로 각종 사회 이슈와 인간의 삶에 관심을 갖게 될 뿐 아니라, 주식 투자를 하면서 마주하게 되는 수많은 분석과 결정의 순간마다 매번 새로운 내 모습을 끌어내게 되기 때문이다. 다른 투자자들의 비이성적인 모습을 보면서 '나는 저러지 말아야지' 하고 반면교사로 삼기도 하고, 섣불리 몰빵했다가 거하게 물려서 그제야 분산 투자의 중요성을 깨닫기도 한다. 나의 예상이 어긋날 때면 마음대로 되지 않는 시장 앞에서 겸손함을 갖춰야 함을 느낀다.

채사장의 말대로 어느 정도 궤도에 오른 사회인의 삶은 생각보다 안정적이다. 그렇기에 내가 만약 투자자가 아니었다면 세상의 문제에 그다지 관심을 갖지 않고 살았을 것이고 그만큼 자아 성찰의 기회도 적었을 것이다. 그리하여 앞으로 인생에 찾아올 어떤 실패나 고난에도 취약하기 짝이 없는 물렁한 어른이 되었을지도 모른다. 그렇지만 주식 투자를 하면서 나는 매일매일 변화하는 시장을 마주하고, 시장에 대응하는 역동적인 삶을 살아간다. 시장은 마치 인생을 축소해둔 보드게임 같아서, 나로 하여금 현실에서는 도저히 겪기 힘든 이런저런 일들을 겪게 하며 끊임없이 나를 시험한다.

언젠가 정말로 인생에서 어떤 어렵고 당황스러운 상황이 발생하거나 내가 예측한 대로 일이 흘러가지 않아서 낭패감을 느끼는 순간이 오더라도, 그럴 때마다 주식 투자를 하면서 느끼고 생각했던 경험들이 나를 쉽게 무너지지 않게 잡아주는 든든한 자산이 되어줄 거라 믿는다. 주식 투자가 인생 고난의 백신이 되어주었으니까.

나는 지금도 주식 투자를 교재 삼아 인생을 배우고 있는 셈이다. 언젠가 먼 훗날의 나는 짐짓 무게를 잡고 이런 멘트를 치고 있을지도 모르겠다.

"나는 주식으로 인생을 배웠다."

나는 못 가도 내 돈은
이민 갈 수 있지

30대 중반이나 되었지만 노후 대비란 아직도 그저 먼 이야기같이 느껴진다. 70대까지 갚아야 할 주택담보대출이 있는 것 외에는 대체 어떻게 내 노년을 보내야 할지 잘 모르겠다는 얘기다. 물론 죽을 때까지 일하고 싶긴 하지만 그래도 어느 정도 먹고살 만한 돈이 있는 상태에서 취미와 건강을 위해 일하고 싶다. 노년이 되어서까지 한 달 벌어 한 달 먹고살면 너무 슬프니까.

퇴직연금이나 국민연금이 나의 노후를 안정적으로 보장해줄 것이라는 기대는 진작에 접었다. 나는 그렇게 부지런한 편도 아니니, 한 살이라도 어릴 때 재테크를 통해 여기저기에 돈나무로 자라날 씨앗을 심어두지 않으면 노년에 무척 가난한 삶을 보내게 될지 모른다는 두려움이 크다.

코로나 시국에 국내 장으로 처음 주식을 시작했던 내가 작년 가을 본격적으로 미국 주식을 시작하게 된 것 또한 바로 이런 불안한 노후에 대한 고민 때문이었다.

미국 주식은 상한가, 하한가가 없고 장이 열리는 시간대가 우리나라의 야간, 새벽 시간대이다 보니 국내 주식을 하듯이 특정 이슈나 재료에 따라 실시간으로 대응하며 사고파는 방법으로 주식 투자를 할 수는 없다(고 평범한 9 to 6 직장인인 나는 생각했다). 게다가 미장은 국내장과 달리 다음과 같이 수익 실현

허들이 조금 높았다.

1. 미장은 연 250만 원 이상의 실현손익을 거두게 되면 22%
의 양도 소득세를 내야 한다.

2. 그러니 이것저것 종합적으로 따져보면 최소 수익률이
15% 이상은 되어야 매도할 만하다.

이런 제약을 생각하니 저절로 매수에는 신중해지고 매도는
잘 안 하게 된다. 그러다 보니 자연스레 묻어두면 배당금이 나
오거나 오르는 장기 투자적인 관점에서 투자를 하게 되었다.
이렇게 된 거 그냥 노년까지 쭉 들고 가볼까 싶다. 적어도 60세
까지는 안 파는 걸로!

그리고 어차피 헤징(Hedging, 현물 가격의 변동에 따라 발생할
수 있는 손실을 최대한 줄이기 위해 선물 시장에서 현물과 반대되는
포지션을 설정하는 것)의 수단으로 달러 투자도 많이 이야기하
는데 요즘 같은 세상에 미래 화폐 가치가 어찌 될지 어찌 아나.
원화로 들고 있으나 달러로 들고 있으나 달러를 돈으로 바꿔서
그대로 들고 있는 것보다는 미장 성장주나 배당주에 투자해서
시간이 지날수록 달러도 늘어나게 하는 게 낫지 않나? 그런 마
음으로 겸사겸사 사는 면도 있는 것 같다.

나는 월급을 받을 때마다 틈틈이 눈여겨봤던 미국 주식을 매수한다. 미국인들이 노후 대비용으로 많이 산다는 배당률 높은 통신주, 정유주부터 원자재 헤징을 위한 ETF, 전기차나 미래 산업을 대비한 성장주 등 나름대로 국내장보다 신경 써서 포트폴리오를 구성하고 있다. 최근엔 메타버스 수혜를 기대하고 조금씩 모았던 엔비디아가 순조롭게 주가가 상승하여 액면분할까지 해준다고 한다. 이럴 때는 머나먼 미래가 조금 덜 불안하고 덜 막연하게 다가오는 것 같기도 하다.

지금 내 나이, 내 커리어에 미국으로 이민 가긴 힘들겠지만 내 돈은 그래도 미국에 보내놓을 수 있지 않나. 경제 대국에 내 돈 먼저 이민자로 침투시켜놓고 그 과실은 노년의 내가 따 먹으면 되지 뭐.

투자의 인격

.. 내 손이 내 마음 같지 않을 때

가끔 주식 투자를 하다 보면 본격적으로 투자를 시작하기 전의 내가 세상에 대해 뭘 몰라도 한참 몰랐던 것 같다는 생각이 들 때가 있다. 아니, 더 정확히는 세상 돌아가는 일에 이 정도까지 관심을 갖고 자세히 들여다보지 않았었다는 게 맞는 표현일지도 모르겠다.

주식 투자를 시작한 지 아직 얼마 되지 않았을 때, 조류독감이 창궐하고 있다는 뉴스가 나왔다. 당시 나는 한창 주식에 꽂혀 있을 때라 뉴스를 볼 때마다 관련주를 검색해보곤 했다. 그때도 뉴스를 보자마자 네이버에 '조류독감 관련주'를 검색해서 블로그에 올라온 투자 팁 게시물들을 읽어나갔다. 조류독감 상황에서 가장 일반적으로 추천하는 종목은 계육주였다. 일시적으로 닭고기 수요에 비해 공급이 부족해질 상황에 대비하여 매집해두면 단기적으로 수익을 볼 수 있다는 팁이 많았다. 부족한 닭고기의 대체용으로 수혜를 볼 수산물이나 돼지고기 관련주를 매수하라는 팁도 있었고 방역 관련주를 매수하라는 의견도 있었다.

나름대로 근거가 있어 보이는 종목 추천 게시글들을 고개를 끄덕이며 읽어 내려가던 중, 언뜻 보기에는 관련이 없어 보이는 종목 하나가 눈에 띄었다. 바로 시멘트 관련주였다.

'시멘트? 시멘트는 건설 관련주인데 그게 대체 조류독감이

랑 무슨 상관이지?'

약간의 의문을 품고 스크롤을 내려본 나는 그 답을 알 수 있었다. 시멘트는 전염병에 감염된 동물들을 살처분할 때 필요한 것이었다. 조류독감이 창궐하면 일단 땅에 큰 구덩이를 파고 거기에 동물들을 몰아넣고 그 위에 시멘트를 붓는다고 했다. 나는 잠시 충격을 받았다. 투자자가 되기 전에도 조류독감 뉴스는 항상 임팩트가 있는 뉴스이긴 했다. 수만 마리의 닭들이 살처분을 당했다는 뉴스를 볼 때마다 마음이 아팠다. 그렇지만 그 살처분이 어떻게 이뤄지는지 그 방식에 대해서는 전혀 생각해보지도, 궁금해하지도 않았었다. 그런데 투자자가 되고 나서야 알게 된 것이다. 시멘트의 또 다른 용도를.

내가 만약 투자자가 아니었다면 세상의 일들을 좀 더 막연하게만 남겨두었을 것 같다. 이런 것들을 굳이 알지 않아도 되었을 것이다. 그러나 나는 투자자이고 세상 돌아가는 일에 일반적인 수준 이상의 관심을 가져야 한다. 그리고 투자자인 나는 가끔 좋은 사람일 수가 없다.

공장식 축산에는 반대하지만, 그러한 사육 환경이 닭들을 조류독감과 같은 유행성 질병에 취약하게 만든다는 사실도 알지만 그래도 나는 조류독감이 발생할 것에 대비해 시멘트 관련주를 매수하기 때문이다. 소비자인 나의 마음을 투자자인 내 손이 배신하는 것이다. 주식 투자를 하는 동안 이렇게 내 손이 내 마음 같지 않은 딜레마의 순간은 주기적으로 반복되며 나를 시험에 들게 한다.

코로나 시국이 빨리 끝나길 바라면서도 기왕이면 내가 현재 쥐고 있는 코로나19 키트 관련주를 익절로 탈출한 다음 해결되면 좋겠다는 마음이 생겼고, 북한에서 미사일을 쏘았을 때는 재빨리 방산주들을 매수하기도 했다.

내가 미국 주식 투자를 결심한 본격적인 계기도 이런 경우였다. 평범한 시민으로서의 나는 총기 소지에 반대하는 입장이지만 'Black Lives Matter' 시위가 일어났을 때 심각한 폭동과 약탈이 일어난 미국의 상황을 보고 내 안의 투자자 자아가 이렇게 웅얼거린 것이다. '아, 총알. 총알이 필요하겠다.' 그리고 실제로 그 당시 총기 관련주는 30~50%까지 시세가 급등하기도 했다.

마치 해리성 인격장애처럼, 투자를 하면서 내 안에 기존의 나와는 전혀 다른 투자자의 인격이 생겨난 것 같았다. 처음에는 혼란스러웠지만 나는 차츰 마음을 정리했다. 투자할 때 좋은 사람은 필요가 없다고. 돈 앞에서는 한없이 냉철하고 현실적인 투자자의 인격이 필요할 뿐이라고. 착한 사람 콤플렉스 같은 것은 가져봤자 나만 괴로울 뿐이고 투자 결정에 방해만

된다는 점을 깨달은 것이다.

아무래도 내가 주식 투자를 본격적으로 시작한 타이밍이 한창 혼란스러웠던 코로나 시국이어서 윤리성이 결여되어버린 것일까? 아니다. 원래 그런 것일 거다. 코로나는 그런 시장의 생리를 극단적으로 빨리 깨우치게 해줬을 뿐.

윤리적이고 그렇지 않고를 따져가며 나와 가치관이 맞는 기업만 골라 투자하는 방법도 물론 있겠지만, 그러면 부의 추월차선을 타는 데 오랜 시간이 걸리게 될지도 모른다.

어차피 주식 투자는 내가 번 만큼 누군가는 필연적으로 돈을 잃어야 하는 전쟁터다. '시장에 피가 낭자할 때가 매수 타이밍'이라는 격언이 왜 있겠나. 누군가가 울고 있다면 그 눈물을 닦아주기보다는 눈물을 진주로 바꿔서라도 내 주머니 속에 챙겨 넣어야 하는 것이다. 누군가는 반드시 울어야 한다면 그게 내가 되지 않기 위해 최선을 다하는 수밖에 없다.

그러니 어쩌겠나. 다소 나의 신념과 반하는 부분이 있어 괴롭더라도 매매의 기회를 놓치지 않는 피도 눈물도 없는 투자자의 인격과 계속 함께하는 수밖에.

장이 장염에
걸린 날에는

나는 프로 '장 트러블타'다. 조금이라도 신경이 예민해지거나 컨디션이 안 좋으면 바로 속이 꾸룩꾸룩 불편해지기 시작한다. 그럴 땐 마치 날씨가 꾸물거리듯 내 장내 날씨 또한 흐리고 꾸물꾸물하다. 금방이라도 뭔가(?)를 쏟아낼 것처럼 말이다.

투자를 하다가도 가끔 그런 날이 있다. '잠깐 이러다 말겠지' 싶은 조정이 아니라 꽤 지랄맞은 장세가 찾아올 때가. 전날까지 화창한 빨간불 일색이었던 내 계좌가 바로 다음 날 시퍼런 기세로 장세를 뒤집기도 하는 그런 때가.

그럴 땐 어떤 선택을 해도 탈이 난다. 다급한 마음에 파란불에 물을 타면 지수도, 내 잔고 수익률도 자꾸 쫙쫙 빠지기만 할 뿐이다. 그럴 때의 시황을 보면 프로 장 트러블타인 나는 무심결에 이렇게 생각해버리고 마는 것이다.

'아, 이놈의 장(場)도 장염에 걸렸구나.'

얘도 나처럼 물타기 한다고 자꾸 풀매수를 했더니 기어이 더 소화를 하지 못하고 탈이 났나 보다.

그런 날은 그저 굶는 게 상책이다. 어차피 먹어봤자 흡수되지도 못하고 다 쏟아내버리기 십상인 데다, 오히려 섣불리 먹은 뭔가가 잘못되어 더 탈이 날지도 모른다. 그래서 나는 장 트러블의 기미가 보이면 일부러 끼니를 굶는다. 배가 고프면 잠도 자지 못할 정도로 서러워하는 나로서는 엄청난 결단이긴 하지만, 한창 속이 비어 배고픈 때를 지나면 왠지 그 공복감이 무뎌지면서 속이 편안하게 가라앉는 순간이 온다. 그러면 또 '거봐, 밥 안 먹길 잘했지' 하는 생각이 드는 것이다.

그러니 장(場)도 장(腸)처럼 안 좋을 땐 잠시 셧다운이 필요하지 않을까. 이렇게 장이 이런저런 트러블을 일으키는 날에는 성급하게 물 타거나 신규 매수 하지 말고 MTS 앱의 셔터를 내린 채 장에게도 휴식할 시간을 주는 것이다.

어차피 기왕 찾아온 하락장을 피할 수 없다면, 이 기회에 내장 트러블을 유발하는 몇몇 불량주들을 솎아내는 포트폴리오 점검의 기회로 활용해보는 것도 좋은 방법일 테고.

이런 몇 번의 쓰라린 경험들을 바탕으로 평소 포트폴리오에 이상한 종목을 풀매수해서 편입하는 뻘짓을 하지 말고, 신중하게 우량주들을 골라서 채워 넣는다면 이후에 지수가 다시 빠진다 해도 심각한 장 트러블은 일어나지 않을 것이다.

그러니 모쪼록 자신의 포트폴리오를 장내 유익균 같은 든든한 우량주들로 채워놓자. 가끔은 장 컨디션을 위해 간헐적 단식처럼 나만의 간헐적 휴장일을 만들어보는 것도 좋고.

장이 장염에 걸린 날에

Chapter 4

락: 즐거움 樂

이름 매매라고
들어보셨나요?

내가 처음 코인판에 뛰어든 것은 2021년 2월이었다. 이때는 정말 시장이 광기에 미쳐 돌아가고 있을 때였다. 정말 아무 생각 없이 알트코인들 이름만 보고 넣어도 자고 일어나면 20%씩 올라 있곤 했으니까.

하필 이 시기에 코인판에 입문한 나는 처음에는 비트코인, 이더리움 등 비교적 안전한 메이저 코인만을 매집했다. 그러나 머지않아 일명 '잡코인'이라 불리는 알트코인의 세계에 겁도 없이 뛰어들고 말았다.

처음에는 어디에 투자해야 할지 모르겠어서 단톡방이나 지인이 알려주는 코인을 따라 샀다. 그러면 신기하게 얼마 지나지 않아서 수익이 났다. 코인은 주식이랑은 달라서 내재가치가 없다. 그래서 그냥 겉으로 드러나는 이름만 보고 마음에 들면 대충 매수하는 경우도 많았는데, 오죽하면 그런 게 투자 팁이라고 돌아다닐 정도였다.

그런데 이름만 보고 넣는 이 말도 안 되는 방식대로 투자하는 사람들이 정말로 꽤 있는 것 같았다. 사실 주식 종목은 그나마 기업명이나 산업명이라서 이름만 봐도 대강 뭐 하는 데인지는 유추가 되는데, 코인은 이름만 봐서는 대체 뭐가 뭔지 하나도 알 수가 없다. 에이다, 픽셀, 이오스 등등 잔뜩 멋을 부린 것 같은 코인 이름들은 마치 사이버 가수 아담, 류시아처럼 세

기말적 감성을 간직한 세계관 속에서나 접할 수 있는 단어들 같다.

물론 주식 MTS 앱처럼 코인을 거래하는 업비트 앱에도 해당 코인에 대한 공시 자료나 기본적인 정보를 확인할 수 있는 메뉴들은 있다. 그러나 봐도 잘 모르겠다. 아니, 사실 나는 비트코인이 뭔지도 잘 모른다. 그런데 그냥 돈이 된다니까, 최근 주식장이 심심하고 재미가 없다는 이유로 코인판에 뛰어든 무식한 불개미일 뿐이다.

그렇다면 역시 '이름 매매'밖에는 방법이 없지 않은가? 사실 듣고 보니 이 이름 매매라는 게 참 그럴싸하더란 말이다. 요즘 같은 랠리 상승장에서는 잡코인이 다 한 번씩은 올라주는 것 같은데 비트코인, 이더리움이 아닌 이상 아무거나 잡아도 한 번은 시세를 주지 않겠나? 어차피 운전(시세를 움직일 수 있을 만한 큰돈을 쥔 세력이 거래를 통해 시세를 올렸다 내렸다 하는 행위를 뜻함)은 운전수(세력을 뜻하는 은어) 마음에 달린 거지 내 손에 달린 건 아무것도 없다. 그럴 거면 그냥 아무거나 사고 시세 줄 때까지 기다리는 수밖에는 없지 않을까?

그래서 나는 마구잡이 이름 매매를 시작했다. 일단 블록체인 기술이니까 뭔가 이름에 블록이 들어간 걸 사야 할 것 같아서 메디블록과 무비블록을 샀다. 그냥 이름이 예뻐 보여서 루

나도 샀다. 마당에 심을 코스모스 씨앗을 주문해달라는 아버지의 카톡 메시지에 충동적으로 코스모스 코인을 매수했고, 《빌 게이츠, 기후재앙을 피하는 법》이라는 책을 읽고 나서는 기상 관측 및 기상 빅데이터 소싱 플랫폼과 관련됐다는 옵저버를 매수했다. 근데 이렇게 대충 사도 다 수익이 났으니 참으로 신기한 장이었다.

그러다 하루는 누군가 내게 사진을 한 장 보내왔다. 사진 속에는 방바닥에 코인 이름이 적힌 종이들이 흩뿌려져 있었고, 그 사이에서 앵무새 한 마리가 종이를 콕콕 집고 있었다. 반려조 픽이라니! 이것은 이름 매매법을 또 한 단계 넘어선 신박한 매매법이 아닌가? 더욱 신기한 사실은 그 앵무새가 고른 메디블록이라는 코인이 그다음 날 바로 떡상하면서 그 앵무새가 코인러들 사이에서 레전드로 추앙받고 있다는 것이었다.

내가 문조라는 새를 키우고 있는 것을 아는 지인은 나에게 한번 이렇게 코인을 골라보면 어떻겠냐고 권유했다. 월드컵 우승팀을 점치는 문어 폴도 있는데 문조라고 해서 안 될 게 뭔가? 얘도 어느덧 10년이나 살아서 거의 영물이나 다름없는데. 매일 밥 주고 놀아주고 서식지를 제공해주는 인간 횟대의 재정 상황에 보탬이 되는 결정을 내릴 수 있다는 것은 반려조 입장에서도 분명 기쁜 일일 것이다. 사룟값은 스스로 버는 게 요즘 반

려동물 트렌드 아닌가? 누가 아나. 내 반려조가 골라준 코인이 다음 날 떡상해서 우주대스타가 될지도.

그래서 나는 정말 그 짓을 했다. 일단 스케치북을 준비한 뒤 업비트 앱을 켜서 눈에 띄는 코인명을 손수 적고 가위로 대충 잘랐다. 사부작사부작 작업을 하고 있으니 저만치서 문조 님이 눈을 빛내며 '저건 뭐지?' 하는 표정으로 순순히 다가왔다. 그러나 그는 바닥에 흩뿌려진 수많은 종이들을 보면서도 좀처럼 결정을 내리지 못했다. 한참 동안 딴청을 피운 끝에 마침내 그가 콕 하고 하나를 집어 들었다.

그가 내게 내려준 신탁 속 코인의 이름은 바로 스토리지였다. 스토리지라는 코인은 다만 수많은 난해한 이름들 속 하나의 텍스트에 지나지 않았지만, 나의 문조 님이 그를 골라주었을 때 그는 비로소 나에게로 와서 코인이 되어준 것이다.

나는 바로 풀매수를 했고, 그 직후부터 스토리지 시세는 쭉쭉 떨어지기 시작하더니 한 시간 만에 −5% 손실을 기록했다.

상황이 이렇게 되고 보니 진정한 신탁은 어쩌면 스토리지가 아니었는지도 모른다는 생각이 든다. 가장 처음 문조 님의 픽을 요청했을 때, 그가 고르라는 종이는 안 고르고 마구 딴청 피우던 그 모습 자체가 일종의 신탁이었을지도 모를 일이다.

"으이구 이 화상아. 나한테 골라달라 하지 말고 이렇게 찍을 정성으로 공부나 해!"

이렇게 사람으로 치면 백 살이나 다름없는 할배새가 나를 꾸짖는 소리가 들리는 것 같다. 나는 그의 살벌한 눈빛에 깨갱 하며 이렇게 다짐한다. 네네, 문조 님 모잇값은 그냥 제가 벌어 야지요. 제가 앞으로 더 열심히 할게요!

+

반전 후기

사자마자 -5% 수익률로 내 마음을 아프게 했던 스토리지는 다음 날 아침 바로 본전 +5%로 올라와 정리했다. 그러나 불과 이틀 뒤, 그 코인 은 내 매수가의 두 배가 넘는 금액까지 떡상했다. 가지고 있었으면 몇 달 치 모잇값은 나왔을 텐데……. 이게 다 내 믿음이 부족했던 탓이다. 잘못은 나에게 있으니 어쩔 수 없지 뭐.

대체로 주식에
진심인 편입니다

'어른들은 왜 맨날 돈 얘기만 할까? 재미없게.'

어릴 때는 막연히 그렇게 생각했던 것 같다. 가끔 가다 집에 손님이 오거나 명절 때 친척들이 다 모이는 자리가 생기면 어른들의 대화 주제는 대개 돈이나 주식, 사업이었다. 옆에서 듣기에도 그런 대화가 너무너무 지겨웠던 나는 나중에 어른이 되어도 절대 그런 재미없는 이야기만 늘어놓는 어른은 되지 않겠다고 다짐했다.

그 굳은 결심이 무색하게 당시의 어른들과 비슷한 나이가 된 나는 그들과 비슷한 이야기를 하는 어른이 되어버렸다. 그리고 지금에 와서야 겨우 알 것 같다. 그때 어른들이 돈 이야기만 나눴던 것은 그들이 속물이라서가 아니라 그저 그 나이에 가질 수 있는 최대 관심사가 돈이었을 뿐이라는 걸. 그것이 단순한 개인의 성향이나 기호의 문제를 초월한, 성장 과정에서 누구나 겪게 되는 거부할 수 없는 대세의 흐름이라는 것도.

나 역시 자라나면서 관심사에 따라 친구들과의 대화 주제가 점점 바뀌어왔다. 다음 해에 누가 담임 선생님이 될지나 당시 덕질하던 아이돌의 음악 방송 얘기, 수능 얘기, 연애 얘기……이런 단계를 차근차근 건너와 30대가 된 우리가 어느새 누가 뭐라 할 것도 없이 자연스럽게 돈 이야기를 나누게 된 것이다.

그래도 한 가지 웃긴 점은 오타쿠였던 내 곁에서 어릴 때부터 함께 자라온 친구들 또한 어느 정도는 오타쿠 기질이 있다는 것이다. 뭐랄까, 돈 얘기를 해도 덕질의 연장선상에 있는 느낌이랄까? 그래서 우리가 돈 얘기를 나눌 때 대화의 양상은 어릴 때 내가 들었던 어른들의 대화처럼 마냥 지루하지는 않다.

재미있는 드라마나 영화가 나와서 단톡방에 '야, 이거 재미있대' 하고 공유하면 곧바로 '그거 스드(스튜디오드래곤, 콘텐츠 제작사이자 상장사)야?'라는 질문이 날아온다. 마치 개그 짤을 공유하듯 주식 용어나 종토방 드립으로 대화를 나누기도 하고, 커뮤니티나 유튜브에 올라온 주식, 코인 밈들로 한참을 'ㅋ ㅋㅋㅋ' 거리면서 대화를 나누기도 한다. 개똥철학으로 분석한 코인이나 주식 종목에 대한 정보를 공유하기도 하고, 어쩌다 친구가 상한가라도 먹으면 승진이라도 한 것처럼 기프티콘과 이모티콘으로 호들갑을 떨며 축하해준다. 때로는 마이너스 수익률로 속 썩이는 종목에 대해 뒷담화하듯 찰지게 욕을 풀어놓으며 아픔을 공유하고, 그로 인해 사이가 더 돈독해지기도 한다. 어릴 때 좋아하는 아이돌이 나오는 음악 방송이나 〈무한도전〉을 챙겨봤듯이 주식 예능을 같이 보기도 한다.

얼마 전에는 친구와 같이 최근 재개봉한 〈해리 포터와 아즈카반의 죄수〉를 보러 갔는데 영화를 다 보고 나오면서 우리는 가장 먼저 이런 대화를 주고받았다.

"헤르미온느가 수업 들을 때 썼던 타임 터너(해리 포터 영화 속 마법의 아이템으로 시간을 되돌릴 수 있음) 있잖아. 그거 진짜 있으면 좋겠다. 시간을 되돌려서 매수 타이밍 잡을 수 있잖아."

정말이지 우리는 대체로 주식에 진심인 어른이 되어버렸다. 불과 몇 년 전까지만 해도 우리는 영원히 철이 안 들 것 같은 오타쿠들이었는데, 어쩌다 이렇게 되어버린 걸까. 그래도 한편으로 우리는 아직 오타쿠이기도 하다. 그저 어느샌가 맘 편하게 덕질하려면 결국 돈이 필요하다는 사실을 알게 되어버린 것뿐이다.

어린 시절의 덕친(덕후 친구)은 이제 '돈친'이 되어 곁을 지키고 있다. 경제적인 격차가 너무 크게 나면 순수한 우정을 오래 가져가기 어렵다는 것을 알아버린 어른인 우리는 그렇게 서로 자연스레 돈 이야기를 나눈다. 앞으로 각자 앞에 펼쳐질 미래가 어떻게 될지는 모르겠지만 그래도 오래오래 함께 가는 친구로 남고 싶다. 그래서 우리는 더더욱 돈에 대한 이야기를 나누고 각자 어떻게든 돈을 벌려고 아등바등 노력한다. 어쩌면 이건 좋아하는 친구와 떨어지고 싶지 않아서 같은 대학에 가려고 열심히 노력하는 마음과 비슷할지도 모르겠다.

지금의 우리에게는 이렇게 열심히 돈 얘기를 나누며 각자 모은 돈으로 나중에 다같이 고급 실버타운에 들어가는 게 일종의 꿈이자 목표가 되었다. 고독사는 역시 싫으니까. 나는 나중에 호호 할머니가 되어서도 이 친구들과 함께 뭔가를 덕질하며 시종일관 깔깔거리며 나이 들어가고 싶다. 미래의 그날을 위해 오늘도 우리는 이렇게 열심히 돈 얘기를 나누며 각자 야무지게 투자에 열을 올리고 있는 것이다.

불기둥을
기다리는 마음

테트리스는 아마도 70억 인구 중 누구라도 살면서 한 번쯤
은 꼭 해보는 게임일 것이다. 그리고 테트리스를 해본 대부분의
사람들은 화면 상단에 표시되는 다음 블록에 네 칸짜리 I 막대
블록인 I미노가 나오기를 고대했던 기억이 있을 것이다. I미노
가 나올 때까지 다른 자잘한 블록들을 아래에 쌓으며 존버하
는 것이 그야말로 이 게임의 국룰이었달까.

나는 최근 투자를 할 때마다 예전에 하던 테트리스 게임을
종종 떠올려본다. 내 투자 방식을 테트리스 게임으로 비유해보
자면, 나는 하락장에 그때그때 매수, 매도를 반복하며 바로바
로 5%, 10% 선에서 단타로 수익을 실현하여 블록을 한 줄 한
줄 지워나가는 플레이를 하지 않는다. 대신 차트에 쭉 뻗어 오
르는 빨간색 막대 블록 같은 불기둥을 기다리며 신중하게 5주,
10주씩 매집하여 물량을 쌓아가는 전략을 구사한다. 마침내
차트에 불기둥이 찾아와 장대 양봉으로 솟아올랐을 때, 네 줄
을 한꺼번에 지우는 쾌감을 느낄 정도의 큰 수익을 볼 수 있도
록 말이다.

최근에도 주식 장이 별로 좋지 않았지만, 하락장에 굴하지
않고 조금씩 조금씩 떨어질 때마다 하루에 2주, 3주, 5주씩 꾸
준히 매집했더니 결국 주 후반에 일부 속 썩이던 종목들에 긴
막대 블록 같은 불기둥들이 떠줬다! 그중 하나는 금 현물이었

SLOW AND STEADY WINS THE RACE

는데, 꽤나 오랜 시간 마이너스 수익률이었음에도 헤지라고 생각하며 계속 보유하고 월급을 받을 때마다 추가로 꾸준히 사 모았더니 결과적으로는 수익을 볼 수 있었다.

2020년에 한창 요동치던 주식 시장에서 내가 하락장에 취했던 전략 또한 테트리스와 비슷하다. 그것은 바로 '보유 종목 전 종목 2만 원씩 물타기'였다. 뭐 하나 어떻게 손댈 수 없이 급격하게 빠지던 장에서, 그때그때 실시간으로 보면서 이것저것 종목별로 대응하는 것은 직장인 투자자인 나에게는 불가능한 일이었기 때문이다. 그렇게 매일 2만 원씩 물을 타다 보면 가끔가다 한 번씩 차트에 불기둥이 출현했고, 나는 티끌 모아 태산을 만든다는 심정으로 그때마다 분할 매도를 통해 쏠쏠한 수익을 챙겼다.

주식의 경우에는 종목 선정 단계에서 이것저것 참고할 자료도 많고, 펀더멘털(Fundamental, 성장률, 물가상승률, 실업률 등의 주요 거시경제지표)과 소재들을 보고 투자하기 때문에 이렇게 하락할 때 조금씩 모아가는 방식의 매집 전략이 유효했던 것 같다. 신중히 생각하고 제대로 된 종목을 골랐다면 지수가 출렁거리거나 평단 아래로 내려갈 때마다 '나중에 지수가 회복되면 주가는 결국 제대로 평가를 받게 되기 마련'이라는 믿음을 가지고 기꺼이 매수할 수 있으니 말이다.

하루에 2만 원씩 혹은 5주씩 조금씩 나눠 사는 것이 너무 감질날 수도 있지만 나는 본질적으로 이렇게 작고 귀여운 매수 전략이 잘 맞는 사람일지도 모른다.

잘 알려진 미국 속담 중에 이런 말이 있다.

'Slow and steady wins the race(천천히 끈기 있게 가야 경주에서 이긴다).'

주식이든 코인이든 투자를 하는 데 있어서 무조건 큰 시드로 빨리빨리 크게 크게 보폭을 내디뎌야만 시장을 이길 수 있는 건 아니지 않을까. 어차피 규모의 경제로는 고래 같은 세력과 게임이 되지 않는 한낱 개미 투자자인 내가 보이지 않는 세력에 대항할 수 있는 무기는 결국 시간과 꾸준함밖에는 없을 것이다. 적어도 나는 빚투(빚내서 투자)는 안 하니까, 내 시간을 온전히 내 뜻대로 쓸 수 있다. 가끔 찾아오는 하락장에서 평가손익이 마이너스를 갱신하더라도 한 푼도 손절 안 할 자신이 있다. 한 10년, 20년 물려 있어도 된다. 그만큼 더 오래 살면 된다. 기회비용은 좀 아깝겠지만, 나는 take it slow 할 수 있다. 그러니 윤오영 수필가의 《방망이 깎던 노인》에 나오는 그 노인처럼 매일 꾸준하게 페이스를 유지하며 테트리스 블록 쌓듯이 매집을 계속해보련다.

주식은

심리전이다

'주식은 심리전이다'라는 말에 많은 사람들이 공감한다. 그런데 대부분의 사람들은 내가 심리를 파악하고 겨뤄야 할 대상을 외부의 누군가로 생각하는 경향이 있는 것 같다. 그러나 주식 투자를 할 때 가장 큰 심리전을 치뤄야 할 대상은 바로 자기 자신이다.

시장 앞에 선 인간은 필연적으로 무력함을 느끼게 된다. 때 이르게 찾아온 장마도, 코로나19 바이러스의 유행도, 수에즈 운하의 사고도, 인간은 이런 일들을 사전에 예측할 수가 없다. 그러나 시장에 커다란 영향을 미치는 것은 바로 그 인간이 예측할 수 없는 일들이다. 그리고 그런 변화 앞에서 시장의 다른 플레이어들이 어떻게 반응하고 행동할지 예측하는 것 또한 너무도 어려운 일이다. 게다가 주식 시장에는 '선반영'이라는 것도 존재하지 않는가.

이렇게 각종 변수가 가득한 시장에서 인간이 다스릴 수 있는 것은 결국 스스로의 마음뿐이다. 그렇기에 투자자는 우선 다른 사람이 아닌 자기 자신의 감정과 심리 상태를 친숙하게 들여다볼 수 있어야 한다. 피터 린치나 워런 버핏 같은 투자의 신이 아니고서야 평범한 개미 투자자들에게 보다 필수적인 소양은 아무래도 예측보다는 대응일 수밖에 없다. 그렇기에 시장에 큰 영향을 끼칠 만한 어떤 사건이 일어났을 때 재빨리 스스로의 생각과 심리 등을 점검, 수습하고 어찌 대응할지 결정을 내리는 과정이 자연스럽고 신속하게 이뤄져야 한다. '아, 내가 지금 이런 상황에 이렇게 충격을 받았구나. 나는 이렇게 생각하고 있었구나. 그렇지만 이런 일이 일어났으니 어떻게 행동하면 좋을까?' 하고 마음을 잘 갈무리하는 것이 중요하다. 이 단계에서 스스로에 대해 혼란스러워하며 시간을 끄는 사람은 결코 좋은 투자자가 될 수 없다. 아마도 이것이 작가 채사장이 주식 투자를 자기 수양이라고 했던 이유가 아닐까 싶다.

그러니 좋은 투자자가 되고 싶다면 다른 누구보다도 먼저 자기 자신에 대해 잘 알아야 한다. 내가 어떤 사람인지, 어떤 경우에 어떻게 느끼고, 어떻게 행동하는 사람인지에 대해서 스스로를 꾸준히 분석하고 객관화해보는 것이다. 요즘 유행하는 MBTI 같은 것도 좋다. '난 이런 사람이야'라고 스스로의 심리와 행동을 매칭시켜서 패턴화해둘 수 있는 것이라면 어떤 것이라도 좋다. 스스로 그런 상황과 경우의 수들을 최대한 많이 만들어두고, 필요할 때마다 바로 '아, 난 지금 이러이러한 상태구나' 하고 스스로를 분석하는 시간을 단축할 수 있도록 하는 것이 중요하니까.

그리고 이렇게 자기 자신을 분석하는 것도 물론 중요하지만, 이 외에도 스스로 마음의 평정을 유지하기 위한 활동을 하나

쯤 하는 것도 중요할 것 같다. 심리 상태는 특히 몸의 상태와 연결되어 있는 경우가 많다고 한다. 몸이 피곤할 때는 당연히 판단력이 흐려지기 마련이고 배가 고플 때도 옳은 결정을 내리기 힘들다고 하니까. 그러니 멘탈 케어를 위해 일과 끝에 명상을 한다든지, 하루 여덟 시간 숙면을 취한다든지, 배가 고플 때는 투자 결정을 하지 않는다든지 하는 원칙과 습관을 만들어두는 것이 좋다.

내 경우에는 식물을 키우고 있다. 투자 관련해서 스트레스를 받거나 생각이 너무 많아서 머리가 복잡할 때면 분무기와 천을 들고 집 안의 화분에 심긴 식물들의 잎사귀를 하나하나 물을 뿌려 닦는다. 화분이 한 스무 개 정도 되니, 한 번씩 그렇게 닦다 보면 어느 순간부터는 나도 모르게 무념무상이 된다. 이렇게 멍때리면서 심신을 수양하는 루틴을 한번 일상에 넣어보기를 것을 추천한다. 비워야 채울 수 있는 것은 생각도 마찬가지니까.

HODL

: 클라이밍에서 배우는 투자의 자세

작년에 내 인생의 첫 책을 출간했다. 《일단 한번 매달려 보겠습니다》라는 제목의 그 책은 내 인생의 큰 축을 차지하고 있는 최애 운동 클라이밍에 대한 에세이다. 주로 클라이밍이라는 운동을 하면서 느낀 것들에 대한 글들로 구성되어 있지만, 그중에 다른 글들과는 결이 다소 다르게 느껴지는 글이 하나 포함되어 있다. 바로 '내가 주식 투자에 빠진 이유'라는 제목의 글이다.

책 한 권 내내 클라이밍 얘기만 늘어놓다가 갑자기 주식 투자 얘기라니? 그 책을 읽고 뜬금없다고 느낀 독자도 있었을 것이다. 그러나 당시 나는 그만큼 클라이밍과 주식 투자가 서로 떼려야 뗄 수 없을 만큼 본질적으로 닮아 있다고 느꼈다. 클라이밍은 육체의 모험이고 투자는 정신의 모험이랄까? 그리고 무엇보다 그 양측의 모험을 마주하는 내 태도가 상당히 닮아 있었다.

더 좋은 성과를 거두기 위해서는 남들보다 나 자신에 대해더 잘 알아야 하는 것. 필연적으로 끊임없는 자기 수행이나 다름없는 과정을 즐겨야 하는 것. 다른 누구의 것도 아닌 나만의 정답을 찾아야 하는 것. 뭐가 됐든, 내가 할 수 있든 없든, 매달려서 버티고 조금씩 앞으로 나아가는 것. 그리고 무엇보다 가장 중요한 것, 되든 안 되든 일단 한번 매달려보는 것 등등.

이렇게 클라이밍이라는 운동을 하면서 내가 머리로 생각하며 배우고, 몸으로 행동했던 모든 것들은 내가 주식 투자를 할 때에도 많은 도움이 되었다. 나는 클라이밍 하듯이 주식 투자를 하고 주식 투자 하듯이 고민하며 클라이밍이라는 운동을 해나간다.

클라이밍과 주식 투자. 얼핏 접점이 전혀 없어 보이는 두 행위 사이의 연결 고리를 발견하고 나면 종종 그것이 시너지 효과로 돌아온다. 어쩌면 그게 좋아서 둘 다 오늘날까지 꾸준히 하고 있는 것일지도 모르겠다.

최근 나는 HODL이라는 단어에 대해 자주 생각한다. 해외 투자 밈으로 주로 쓰이는 이 단어는 'Hold On for Dear Life'의 약자로 'hold'의 의도된 오타이며, 존버를 의미한다. 그리고 HODL이 원래 의도하고자 했을 'hold'라는 단어를 생각해보면 그 단어가 주식 시장에서 존버로 통용된다는 것이 내게는 무척 의미 깊게 다가온다.

이는 '홀드(Hold)'라는 단어가 실내 클라이밍을 할 때 실내 암장의 암벽에 붙어 있는, 손으로 잡거나 발로 디딜 수 있는 모든 형태의 돌을 의미하기 때문이다. 주식 투자에서든 클라이밍에서든, 무언가를 손에 꽉 쥐고 끈기 있게 버티는 뚝심이 필요하다는 공통점은 클라이머이자 투자자로서 살아가는 내게 운

명처럼 다가온다.

앞으로도 쭉 투자하는 클라이머이자 클라이밍하는 투자자로 살아가고 싶은 나는 두 활동 모두 감을 잃지 않도록 꾸준히 해보려 한다. 주식으로 머리가 복잡할 때는 일부러 암장에 가서 홀드에 매달린 채로 머리를 비워보기도 하면서. 그러면 존버도 좀 더 쉬워지지 않을까. 그러니 무엇에든 일단 한번 HODL하고 볼 일이다.

버드나무 잎 넛지

: CMA 통장 활용법

나는 별도로 적금을 붓고 있지는 않다. 전 남친에게 속아(?) 어쩌다 가입한 10년짜리 연금보험 외에는 딱히 돈을 '모으기' 위한 목적의 계좌는 운용하고 있지 않다. 대신 나는 일단 주 계좌에 월급이 입금되면 총액의 40% 정도는 각종 재테크(주식, 코인, 금) 시드로 변환하고, 각종 공과금과 통신비, 보험비, 대출이자 등 자동 이체될 금액을 계산하여 남겨둔다. 그 모든 것을 제외하고 나면 나의 생활비를 포함한 작고 귀여운 금액이 남게 된다.

그렇게 남은 액수 전부를 CMA계좌로 이체해둔다. 나는 혜택과 유형에 따라 총 세 개의 CMA계좌를 운용하고 있는데, 그렇게 CMA계좌로 분산하거나 일괄 이체를 해두고 나면 생활비는 웬만하면 CMA계좌에 연결된 체크카드나 페이 서비스를 활용해 지출한다.

내가 이렇게 CMA계좌를 활용하는 이유는 크게 두 가지가 있는데, 하나는 바로 이자 때문이다. CMA계좌는 증권사에서 만드는 종합자산관리계좌로 일반적인 은행에서 만드는 계좌와 달리 매일매일 이자를 붙여준다. 일반 은행 계좌처럼 입출금도 자유로운 편이고, 일반 예금처럼 최대 5,000만 원까지 원금을 보장해주는 계좌도 있다. 체크카드 등을 연계해서 사용하면 이자나 추가 수익을 제공하는 경우도 있다.

이렇게 일 단위로 잔액에 이자가 붙는다는 특성 때문에 연계 체크카드로 지출하기 전에는 항상 두 번 세 번 더 생각하게 된다.

'내가 지금 이 커피 한 잔을 마시려고 5,000원을 지출하면, 오늘 이자가 붙을 총잔액에서 5,000원이 빠지는 거야. 그래도 괜찮겠어?'

이렇게 자연스럽게 소비 과정에서 허들이 한 단계 추가되는 것이다. (무서운 이자 욕심⋯⋯.)

두 번째 이유는 바로 출금 제한이다. 내가 지금 주로 사용하는 CMA계좌들은 일 출금 한도가 200만 원으로 정해져 있다. 계좌를 비대면으로 개설해서인지 조금은 적게 느껴지는 한도였다. 그런데 어차피 월급에서 일부의 돈을 넣고 생활비 용도로 사용하다 보니 의외로 이 한도로도 불편한 점이 없었다.

한 가지 불편한 점이 있다면, 타행 이체 시 수수료가 500원씩 꼬박꼬박 붙는다는 점과 ATM 기기를 통한 현금 인출이 불편하다는 것인데, 이것 또한 생각하기에 따라서는 얼마든지 장점이 될 수 있는 것 같다. 돈을 뺄 때마다 수수료로 생돈이 나간다고 생각하면 돈을 이체하려다가도 한 번 더 생각해보게 될 테고, 현금은 손에 쥐고 있으면 쉽게 써버리게 되는 경향이 있으니 아예 인출하기 불편한 게 더 낫지 않을까.

말하자면 옛날 이야기 속, 지나가다 목이 말라 물 한 바가지만 달라고 했던 나그네에게 버드나무 잎을 하나 띄워 건넸던 여인의 넛지(타인의 선택을 강압이 아닌 부드러운 개입으로 유도하는 방법)와 같은 것이다. 적어도 돈이 들고 나는 문제에서 너무 쉽고 간편한 것만이 능사는 아니라는 것이 내 생각이다.

적금은 돈이 묶여버리는 느낌이 들고 일반 예금 계좌는 돈을 방치한다는 느낌이 든다면 단 하루를 넣어두더라도 이자가 붙는 CMA계좌에 넣어두는 것이 좋은 대안이 될 수 있다고 생각한다.

물론 CMA는 일반 예금과는 달리 증권사에서 운용하기 때문에 드물긴 하지만 원금에 손실이 발생할 수도 있다. 최대한 손실 가능성이 적은 유형으로 잘 알아보고 계좌를 개설하길 바란다.

손절은
무모한 도전

2000년대를 주름잡았던 〈무한도전〉이라는 예능 프로그램을 모르는 사람은 없을 것이다. 원래 이 프로그램의 최초 타이틀은 〈무모한 도전〉이었다. 이름 그대로 출연자들이 황소와 줄다리기를 하거나 전차와 달리기 대결을 하는 등 황당한 도전들을 하는 내용이 주를 이룬 아주 원초적인 몸 개그 프로그램이었다.

내게는 그중 아직까지 기억나는 유독 인상 깊었던 에피소드가 하나 있다. 바로 목욕탕 물 빼기 대결 편이다. 전투복인 흰색 쫄쫄이를 차려입은 출연진은 작은 물바가지를 하나씩 들고 목욕탕의 배수구와 정면 대결을 펼친다. 당연히 승부가 안 되는 게임이지만, 그럼에도 미친 듯이 목욕탕의 물을 퍼내는 출연진의 모습은 눈물을 쏙 빼놓을 정도로 웃기면서도 왠지 모르게 감동적이기도 했다. 내 예상보다 승부가 훨씬 팽팽(?)했기 때문이다. '저걸 언제 다 퍼내나' 싶을 정도로 목욕탕에 가득 차 있던 물은 방송 말미에는 출연진의 발목 높이까지 와 있을 정도로 빠져 있었다. 비록 작은 바가지와 노가다의 결합이지만 최선을 다해 물을 퍼낸 것이다.

요즘 들어서 나는 부쩍 그때 봤던 물 빼기 대결을 떠올린다. 주로 내가 손절을 할 때다.

처음 주식을 시작하면 누구나 노하우라고 알려주는 것이 바로 손절선이다. -5%, -3% 등 주식 투자에 막 입문한 사람이라면 누구나 자신만의 손절 기준을 갖고 있을 것이다. 그렇지만 나는 수학 공식처럼 어떤 절댓값의 기준에 따라서 손절을 한다는 것에 대해 아직까지는 회의적이다. 지수가 5% 하락해서 모든 종목이 5% 이상 하락하게 되더라도 손절해야 한단 말인가? 적어도 나는 주식을 시작한 이래 그런 판단을 내렸던 적은 없다.

워런 버핏은 가장 중요한 것은 '잃지 않는 것'이라 했다. 그렇지만 천하의 워런 버핏도 가끔씩은 거액의 손실을 보는 세상에서 일개 개미 투자자가 절대 손실을 보지 않는 것은 사실상 불가능한 일이 아닌가? 그러니 나는 저 말에 숨겨진 뜻은 절대적으로 금전 손실을 보지 말라는 것이 아니라, 멘탈의 평정을 잃지 말라는 것이라고 생각한다.

본격적으로 주식 거래를 시작한 이래 일 실현손익이 마이너스였던 날은 딱 3일 있었는데, 그 손절한 금액이 크든 작든 다음 날까지 기분이 좋지 않았다. 나는 손절한 금액을 기회비용으로 보고 다른 곳에 몰빵하여 본전 찾는 것으로는 기분이 회복되지 않는 사람이었고 그 기분은 꼭 다음 날까지 이어져 나를 조급하게 만들곤 했다. 그래서 나는 다른 사람들처럼 그렇게 한 번에 손절하지 않기로 했다.

그래서 나는 매일을 익절로 마감하면서도, 물린 종목을 줄여나가는 나만의 손절법을 개발했다. 그것은 바로 익절한 비용의 20~30%만큼을 물린 종목 정리에 쓰는 것이다. 이른바 '선익절 후 손절' 원칙이다. 이 단순한 원칙은 다음과 같다.

1. 일단 익절한다.
2. 익절한 수익의 20~30%를 넘지 않는 비중만큼만 기존의 물려 있던 종목에서 손절을 한다.

예를 들어 A라는 종목을 익절하여 10만 원을 벌었다면, 그동안 물려 있던 종목 중에 구입 당시보다 주당 액면가가 1만 원씩 빠져 있는 종목 3주를 매도한다. 그러면 최종적으로 당일 익절은 7만 원이 되고, 물려 있던 종목은 비중이 준다.

나는 이 방법에 '목욕탕 물바가지 손절법'이라는 이름을 붙여주었다. 〈무모한 도전〉 방송에서 물바가지로 목욕탕의 물을 조금씩 퍼냈듯이, 매일매일 이렇게 수익금의 비율을 맞춰 물린 종목을 조금씩 손절해나가다 보면 점점 비중을 줄이다 마침내는 완전히 손절할 수 있게 된다. 단지 이 모든 과정이 배수구로 물을 한 번에 빼는 것처럼 빠르지 않을 뿐이지.

비록 다른 손절에 비해 시간은 좀 걸릴 수 있지만, 나는 이

방법으로 손절을 천천히 진행하는 게 멘탈의 평정 유지에 도움
이 되었다. 매일의 마진은 플러스로 남으면서도 결국 골치 아픈
종목은 정리가 되기 때문이다. 나는 오늘도 손절을 위한 무모
한 도전을 하는 중이다. 잔고에 마이너스가 하나도 없어지는 그
날까지!

+

그렇지만 사실 가장 중요한 것은 덮어놓고 손절을 고민하기보다는 애
초에 종목 선정 자체를 신중하게 하는 것이다. 사람 일은 모르는 거니
까 절대 손절할 일 없는 종목은 없더라도, 어쨌든 신중하게 골라서 들
어간 거라면 오히려 그 실책을 인정하고 깔끔하게 털고 나오기도 좋다.
피치 못하게 손절할 경우에는 회복 탄력성이라도 챙겨야 한다.

덕질의 쓸모

나는 2n년 차 덕후다. 주 종목은 아이돌이지만 가끔씩은 드라마, 영화, 배우, 전자기기 등…… 하여튼 항상 무엇인가의 덕후로 살고 있는 것 같다.

지금까지 덕후 졸업을 못한 이유는 음…… 좀 배부른 소리처럼 들릴 수도 있겠지만 몰입할 게 없으면 인생이 너무 심심하기 때문이랄까. 남편도 아이도 없으니 인생이 너무 심심한데 심지어 아무것도 안 해도 시간이 빨리 지나가기까지 한다. 그러니 자연스레 아직까지 덕후로 살고 있는 것이다.

그래도 이 나이 먹고서까지 덕질을 하는 내 마음도 마냥 꽃밭인 것만은 아니었다. 오히려 나는 주기적으로 찾아오는 이런 자괴감과 치열한 전투를 벌이곤 했다.

'내가 그간 덕질에 쏟아왔던 이 미친 에너지를 좀 더 가치 있고 생산적인 일에 쏟았더라면 좋지 않았을까? 예를 들어 우주과학이라든지 코딩이라든지 교수님 덕질이라든지. 아니면 요리나 제빵이라든지.'

나는 대체 왜 어떤 생산적이면서도 쓸모 있는 지식에 꽂혀서 인류의 화성 이주 같은 거창한 꿈을 꾸지 않고, 기껏해야 남이 만들어준 기획 상품에 불과한 영화나 아이돌, 책, 드라마에 이렇게 과몰입해서 오지게 파고 있는 것일까? 막말로 내가 이 세상 최고의 덕후가 된다 해도 그것들이 내게 밥을 주나 돈을 주나? 다른 사람들은 직장에서든, 가정을 꾸려서든 무언가를 성취하면서 현생을 충실히 살아가고 있는데, 나는 결국 콘텐츠라는 가상현실 속에서 재미만을 좇아 여태까지의 인생을 허투루 써온 게 아닌가? 즉, '30대 중반에 오타쿠인 나는 쓰레기가 아닌가' 하는 고민을 하며 괴로워할 때가 있었던 것이다.

그런 자괴감으로부터 나를 해방시켜준 것은 의외로 주식 투자였다. 실제로 본격적으로 주식 투자를 하면서 나는 나의 덕후로서의 천성과 장기간의 전문 덕질 경험으로부터 획득한 스킬들에 상당히 쓸모가 많다는 것을 깨달았다.

일단 가장 도움이 된 것은 나의 집요함과 덕질 대상을 깊이 탐구하고자 하는 과몰입 성향이었다. 이것은 내가 주식 투자의 세계에서 종목을 선정하고 분석하는 데 큰 도움이 되었다. 덕질 대상을 파듯이 종목을 덕질하기 시작하니 관심 종목에 대해 하나하나 탐구하고 파고드는 시간이 전혀 힘들게 느껴지지 않았다.

덕후들은 원래 떡밥에 목숨 거는 존재들이다. 덕질 대상에 대한 TMI(Too Much Information)는 아무리 많이 알아도 결코 투머치하지 않은 덕후에게는 그런 읽을거리들이 쌓이는 것이 부담스럽기는커녕 두근대고 기대되는 일이다. 주식의 세계 또한 어떻게 보면 이러한 떡밥성 트리비아가 넘쳐나는 세계다.

덕질 대상에 대한 TMI에 가까운 정보를 얻기 위해 나무위키와 각종 커뮤니티 게시판을 검색하며 정보를 탐독한다고 생각하니 매일매일 관심 종목과 관련된 뉴스를 검색해서 보는 것도 전혀 힘들지 않았다. 그렇게 매일 아침 뉴스를 체크하며 그날그날의 떡밥을 찾아보고, 잘 모를 때는 전혀 연관성을 찾지 못했던 두 회사가 사실은 연결된 관계였다는 사실을 알게 됐을 때는 마치 디즈니 애니메이션 영화 속 이스터 에그를 찾은 것처럼 반갑고 재미있기도 했다. 그렇게 대상을 파고드는 과정에서 딱딱한 기업 보고서를 마치 좋아하는 영화나 소설의 레딧 스레드를 읽듯이 몰입해서 읽을 수 있었다.

가끔은 덕질하는 커뮤니티 게시판에서 나와 본진이 같은 다른 덕후들과 오순도순 수다를 떨듯이 나와 같은 종목을 보유한 사람들이 모여 열띤 토론을 벌이는 종목 토론방을 보며 공감도 하고 정보도 얻는다.

그런 정보들을 바탕으로 '앞으로 어떻게 될까?'를 상상해보고 2차 창작을 하듯이 스스로의 망상을 기반으로 한 시나리오를 쓰고 투자 플랜을 세워보기도 한다. 이러다 가끔 내 예상이 맞아떨어지면 '우리는 운명이 아닌가?' 하는 주접스러운 생각도 든다.

십지어는 어떤 애널리스트나 전문가가 그 관심 종목을 언급

했을 때 '아, 나만 알고 싶었는데……'라는 덕후로서 흔히 최애에 대해 가질 수 있는 서운함 비슷한 감정마저 들 때도 있다.

덕후라면 숨 쉬듯이 습관처럼 빠지게 되는 이런 일련의 과정에는 덕후가 아닌 평범한 일반인이라면 도저히 이해할 수 없는 기괴한 열정과 에너지가 존재한다. 'What if?'라는 가정을 토대로 한없이 뻗어나가는 망상의 속도를 일반인들은 결코 쫓아갈 수 없을 것이다.

이렇게 일찍부터 각종 떡밥 해석과 분석, 2차 창작으로 숙련된 나의 덕질 스킬은 나의 작고 귀여운 투자가 성공하는 데 훌륭한 필살기가 되어주었다. 그런 점에서 오타쿠로 살았던 나의 2n년은, 물론 오직 이걸로 귀결되기 위한 것만은 아니었겠지만, 충분히 가치가 있었다고 봐도 좋지 않을까.

그렇게 주식 투자는 나로 하여금 그동안 세상으로부터 평가절하당해왔던 덕질에도 쓸모가 있음을 깨닫게 해주었고, 덕후로서의 나 자신을 긍정하게 해주었다.

주식 투자를 하면서부터 나는 비로소 '아, 난 왜 이렇게 집요한 오타쿠 같지?'라는 자조적인 말을 스스로에게 하지 않게 되었다. 대신 이렇게 뿌듯해하며 나 자신을 토닥인다.

'아~ 오늘도 역시 덕후가 해냅니다! 덕질이 이렇게 쓸모가 있었다니. 진짜 오래 살고 볼 일이라니까!'

인강은 싫지만 〈개미는 오늘도 뚠뚠〉은 보고 싶어

학창 시절부터 나는 늘 공부가 싫었다. 그래서 빨리 공부를 하지 않아도 되는 어른이 되고 싶었다. 실제로 사회인이 되고 난 뒤 나는 이 어린 시절의 철없는 다짐을 꽤나 잘 고수하며 살아왔다. 회사에서 간혹 승진 시험을 준비하거나 직무 관련 학습을 해야 할 때는 있었지만 전부 단기적인 것이라 잠깐씩은 견딜 만했다. 별도로 자격증 공부를 하거나 시험을 준비하지도 않았고, 대학원에 진학하지도 않았다. 나는 그저 생존을 위한 최소한의 노동만을 하며 이외의 시간에는 내가 하고 싶은 것을 하며 맘껏 노는 한량으로 살아가고 있었다.

그렇게 철없이 살아가던 내가 공부하는 자아로 새롭게 각성하게 된 계기가 있었으니 바로 재테크였다. 나는 주식 투자를 통해 처음으로 재테크의 세계에 뛰어든 뒤 겉으로는 백조처럼 고고해 보이는 어른들이 실제로는 부와 재산을 축적하기 위해 얼마나 많은 공부를 하고 발품을 팔며 정보를 얻고 해석하기 위해 애쓰는지 알게 되었다. 그저 회사에서 주는 월급을 받아서 저축만 할 때는 몰랐는데 재테크에는 수능 시험 선택과목을 고를 때보다 훨씬 훨씬 많은 영역과 분야가 존재했다. 부동산, 펀드, 주식, 코인 등. 각자 하나하나 파고들수록 계속해서 알아야 할 것들이 쏟아졌다. 게다가 재테크는 고정된 지식을 외워서 해결하는 암기과목이 아니었다. 어느 정도의 이론과 원리를 이해하고 난 뒤에는 실시간으로 계속해서 흐름을 쫓아가야 하는 철저한 실습과 응용 위주의 학문이었다. 관련 정책이 바뀌거나 세금 제도가 개편될 때마다 투자자들은 바쁘게 정보를 쫓아다니며 전략을 수정하고 새로운 계획을 짜고 부지런히 실행해야 하니까.

그렇게 돈과 재테크에 본격적인 관심을 갖고 눈을 떠보니 주변 사람들은 다들 뭔가 하나씩 자신만의 재테크를 하며 치열하게 공부하고 있었다. 그제야 나는 공부라는 것은 인간의 숙명이며 어른에게도 생존을 위해 끊임없이 공부해야 하는 영역이 존재한다는 것을 깨달았다.

결국 나는 공부 안 하는 어른이라는 궁극의 꿈을 포기하고 본격적으로 주식에 대해 공부해보기로 결심했다. 그런데 어른이 되어 하기 싫은 공부를 다시 하려니 정말 죽을 맛이었다. 단순히 주식 투자에 대해서만 공부한다고 하더라도 MTS 앱의 인터페이스부터 주식 매매의 메커니즘, 재무제표 읽는 법까지 알아야 할 것들이 너무 많았기 때문이다. 그래도 나름대로 초보들이 읽는다는 기초적인 책을 사서 몇 권 읽고, 혼자서 필요한 기초 지식을 습득하려고 노력해봤다.

그런데 공부를 손에서 놓은 지 너무 오래되어서인지 독학으로만 그 모든 것을 완벽하게 이해하는 데는 아무래도 한계가 있었다. 나는 책을 읽다가 그나마 이해가 갔던 단편적인 지식 및 테크닉들과 단톡방에서 주워들은 이야기들을 바탕으로 오감에 의존한 투자를 하게 되었다. 막막한 마음에 유료 리딩방에 들어가서 특강을 들어보기도 하고 다른 사람들의 투자법을 무작정 따라해보기도 했다. 그러나 좀처럼 마음을 잡지 못하고 헤매고 있었다.

그러던 어느 날 카카오TV에서 〈개미는 오늘도 뚠뚠〉이라는 주식 투자 예능 프로그램을 시작했다는 소식을 들었다. 노홍철, 딘딘을 비롯한 몇몇 유명인들이 멘토들과 함께 직접 실전 주식 투자를 해나가는 예능 프로그램이라고 했다. '돈 얘기 하는 예능 프로그램이 과연 재미있을까?' 하는 의문을 품은 채 첫 방송을 시청했다. 방송은 생각했던 것보다 훨씬 재미있었다. 출연자들은 이미 주식 투자 경험이 있거나, 안 좋은 습관이 들어 있거나, 어설프게 투자를 하는 등 각자의 약점을 가지고 있었다. 그런 그들의 모습이 내 모습처럼 느껴지는 부분이 있어서 그런가, 몰입도 잘되고 재미있었다. 나도 그들처럼 이 거대하고 막막한 주식 시장에서 그저 한없이 허우적대는 한 마리 개미일 뿐이니까.

그 뒤로 나는 〈개미는 오늘도 뚠뚠〉을 꼬박꼬박 시청했다. 이 프로그램은 예능 프로그램이긴 하지만, 슈카월드나 김동환 프로같이 주식 시장에서 잔뼈가 굵은 멘토들이 출연해 주식 투자에 필수적이고 기초적인 지식과 정보를 쉽게 설명해주어서 무척 유익했다. 주식을 갓 시작한 개미 투자자인 나로서는 출연진도 이해할 수 있도록 쉽고 재미있게 설명해주는 〈개미는 오늘도 뚠뚠〉의 방식이 마음에 들었다. 그래서 이 프로그램을 비롯하여 〈말년을 행복하게〉 같은 다른 주식 투자 예능도 함께 찾아보고 정주행하게 되었다.

주식 투자 예능들을 보다 보면 나도 모르게 출연진들에게 자아의탁을 하게 되는 것 같다. 아무것도 모르고 감으로, 느낌으로 뇌동매매를 하고 강제 장기 투자를 하던 그들이 멘토의 도움으로 하나둘씩 스킬업을 하며 성장해가는 모습을 보다 보면 왠지 모르게 내가 다 뿌듯해진다. 그들의 우여곡절을 보고 마음껏 웃으며 재미있게 보다 보니 혼자서 책을 아무리 읽어도 와닿지 않던 PER 지표 참고하는 법이나 재무제표 보는 법, 투자 종목 찾는 법 등을 자연스레 익히게 되었다.

TV는 바보상자라고 하지만 적어도 내게 예능 프로그램은 다른 어떤 학습 수단보다도 효과적으로 주식 투자의 개념을 머릿속에 쏙 넣어준 고마운 프로그램이다. 뭐랄까, 공부할 때 심각하게 외웠던 건 잘 기억이 안 나는데 뭔가 배가 찢어지게 웃겼던 기억은 잘 안 잊히는 것과 같다. 너무 웃겨서 캡쳐해뒀던 짤방들 속에서 그런 지식들이 조각조각 단편적인 기억으로 살아나곤 한다.

만화 중에서도 무조건 흥미만을 추구하는 것 말고 아이들의 학습에 도움이 되는 학습 만화도 있는 것처럼 주식 투자 예능 프로그램 또한 그런 것 같다. 나는 주식을 주식 투자 예능으로 배웠다. 주식 투자가 막막하고 힘겹게 느껴진다면 가볍게 웃으면서 볼 수 있는 주식 투자 예능 프로그램부터 섭렵해보는 건 어떨까? 졸리고 지루한 이론 공부를 웃음 어린 기억으로 뇌세포에 박제해줄 테니. 어렵다고 지레 포기하고 아예 아무것도 안 보거나 안 읽히는 책을 사놓고 부담감만 잔뜩 느끼는 것보다는 자유 시간에 주식 예능이라도 보면서 깔깔대는 게 훨씬 도움이 될 것이다.

SNS로 집단 지성
활용하기

김얀 작가의 에세이 《오늘부터 돈독하게》에는 '돈 선생'에 대한 이야기가 나온다. 또 다른 말로는 브레인 트러스트(Brain Trust)라고 불리는데 주로 성공한 부자들이 언제든지 만나서 거리낌 없이 돈과 관련된 대화를 나누고 편하게 상담할 수 있는 친구 같은 존재를 의미한다고 한다. 이 책에서 김얀 작가는 실제로 자신이 돈 선생으로 여기는 지인과의 일화를 공개하며, 돈 선생이 그녀에게 자신의 노하우와 성공 및 실패 경험을 바탕으로 한 살아 있는 지식을 아낌없이 전수해주고 조언해준 덕분에 부자가 되기 위한 레버리지 효과를 누릴 수 있었다고 이야기한다.

본격적으로 재테크를 시작하게 되면 절실하게 느끼는 점이 바로 투자는 결코 독고다이로 할 수 없다는 것이다. 뭐부터 시작해야 할지 막연한 데다 당장 내 뇌는 하나인데 습득해야 할 정보는 너무 많다. 나는 전업 투자자도 아니라서 내가 투자를 위한 두뇌 활동에 집중할 수 있는 시간은 오직 직장 생활을 마치고 난 뒤 주어지는 저녁의 한정적인 시간뿐이다. 이런 상황에서 나 또한 김얀 작가가 말한 레버리지 효과를 누리기 위해서는 아무래도 돈 선생이 필요했다. 그렇지만 코로나 시국에 누구를 찾아 어디로 가야 한단 말인가? 주위에 주식 투자를 하는 친구가 있긴 했지만 단 한 명뿐이었다. 너무도 막연했다.

그래서 나는 발전된 문명의 이기를 이용해보기로 했다. 요즘에는 굳이 밖에 나가 발품을 팔지 않고서도 내 관심사에 대해 대화를 나누는 사람들을 손쉽게 만날 수 있는 방법이 있었다. 바로 익명 채팅이었다. 카카오 오픈 채팅에서 단타주, 급등주라는 위험한 키워드로 검색하여 무료 리딩방에 입성한 것이 시작이었다. 이후로 투자 관련 대화방은 하나둘씩 늘어나 현재는 수많은 투자 관련 단톡방에 들어가 있다. 주식 투자 관련 이야기를 나누는 방, 코인 관련 정보를 공유하는 방, 가상 부동산 투자를 하며 존버하는 방, 업계 현황 및 주식에 도움이 되는 경제 뉴스를 분석하고 공유하는 방, 주식 관련 책을 읽고 의견을 나누는 재테크 독서 모임 방 등 최소 다섯 개는 넘는 대화방이 하루 종일 쉴 새 없이 알람을 울려댄다. 거기에다 증권사와 자칭 타칭 코인 전문가들이 운영하는 텔레그램 대화방까지 합하면 7, 8개는 되는 대화방에 참여하고 있는 셈이다.

　하루 일과가 끝나고 확인해보면 이 많은 대화방들에 메시지가 최소 몇십 개에서 100개 이상 쌓여 있다. 사실 대화방별로 내가 중요하게 여기는 정도나 비중이 달라서 전부 벽타기(대화에 참여하지 못하는 사이 쌓인 메시지를 위에서부터 하나하나 읽어 내려오는 것)를 하진 못한다. 그래도 개중에 관심이 있는 몇몇 방의 대화 흐름은 가급적 꼭 체크하고 낮동안 쌓인 대화를 읽으며 이런저런 생각과 의견을 공유한다.

가끔씩은 직접 대화에 참여하며 특정 이슈와 관련된 뉴스를 전달하고 대화방 참여자들의 의견을 묻거나 투자 현황이나 사례를 공유하기도 한다. 본인이 생각하고 투자하는 내용을 여기저기 다 떠벌리고 다녀서 좋을 게 뭐 있냐고 물을 수도 있겠지만, 어차피 난 그냥 평범한 개미 투자자 아닌가. 내가 말 한마디로 시세를 움직이는 일론 머스크 같은 위인도 아니고 리딩을 하는 것도 아닌데. 사실 어차피 내가 이거저거 어떻냐고 내 생각을 공유해봤자 사람들은 따라 사지도 않더라.

모범생이었던 내 학창 시절을 돌아보면, 공부할 때 가장 효과적인 공부법은 그 내용을 다시 친구에게 설명해주는 것이었다. 독서 모임이든 익명 채팅이든 커뮤니티 게시글이든 '나는 이런 논리로 이렇게 생각해'라는 것을 공표할 수 있다는 것은 어쨌든 내 안에서 그 건에 대한 충분한 고민이 이루어졌고 결론을 내가 내렸다는 뜻이다. 그것을 온라인 돈 친구들에게 선언하고 의견을 들어보는 것은 무척 좋은 경험이 되어주었다.

혼자서만 생각하면 내 생각에 스스로 너무 깊게 빠져버린 나머지 시야가 좁아져 뭔가 놓치는 부분이 생길 수도 있는데, 주식 관련 단체 대화방에서 나의 의견을 툭 까놓고 대화하는 과정에서 타인에 의해 내가 생각지도 못한 부분들에 대해 한

번 더 생각해볼 수 있는 계기가 생겨 무척 좋았다. 그야말로 집
단 지성의 힘을 실감했다고 해야 하나.

이렇게 대화방들에 참여하다 조금 더 깊게 파고 싶은 주제
가 있으면 내가 직접 대화방을 만들고 사람을 모으기도 했다.
실제로 주식 관련 책 온라인 독서 모임을 만들어 한동안 운영
한 적도 있다. 혼자서 읽기에는 다소 벅차게 느껴졌는데 여럿이
서 주식에 관련된 여러 권의 책을 읽고 핵심 내용을 공유하니
한 번에 여러 권의 책을 읽는 것처럼 시간과 에너지를 보다 효
율적으로 사용할 수 있었다.

어떻게 보면 나는 내 최고의 투자 파트너이자 돈 선생들을
전부 SNS를 통해 만난 셈이다. 때로는 그저 내가 이 대화방들
에 소속되어 있다는 것만으로도 든든한 느낌이 들 때가 있다.
내가 헤매거나 의견이 필요하거나 고민이 될 때 어딘가에 툭 터
놓고 의견을 구할 수 있다는 것이 무척 든든하게 느껴진다. 비
록 얼굴 한번 본 적 없이 SNS상의 익명 프로필로만 소통하는
사이지만 그래도 SNS를 통해 맺은 인연 또한 소중한 나의 돈
친구들이니까.

혼자 가면 빨리 갈 수 있지만 함께 가면 멀리 갈 수 있다는
말도 있지 않은가. 그러니 돈 선생을 찾기가 막연하다면 여러
SNS 익명 채팅방들을 한번 쭉 투어해보고 마음에 맞는 대화방

에 정착하는 것도 괜찮은 방법 같다. 100% 영양가 있는 정보만 주고받는다는 보장은 없더라도 어디서 어떤 정보가 떨어질지 모르니 귀는 가능한 한 많이 열어두는 게 좋기도 하고. 타인이 말하는 대로 줏대 없이 끌려가며 스스로의 운명을 다 맡겨버리는 것이 아니라면 투자를 할 때 도움이 될 만한 돈 친구들을 곁에 많이 두는 것도 좋지 않을까. 비록 SNS에서만 만날 수 있는 인연일지라도 말이다.

비욘드 미트 주주는
버거킹에 간다

얼마 전 버거킹에 갔다. 패스트푸드를 그다지 즐겨 먹는 편은 아니지만 나에겐 반드시 버거킹에 가야 할 이유가 있었다. 바로 버거킹에서 올해 출시한 플랜트 와퍼를 꼭 한 번 먹어보고 싶었기 때문이다. 플랜트 와퍼는 버거킹에서 출시한 채식 버거다. 이 버거에 들어가는 패티는 콩단백질이 주원료인 대체육으로 인공 향료 및 보존제도 사용하지 않은 식물성 패티라고 한다.

나는 한때 채식을 해서 한 6년 정도 육고기를 전혀 입에 대지 않았다. 그래도 가끔 고기가 먹고 싶어질 때는 콩고기 같은 대체육을 사 먹었다. 당시 내가 살던 집 근처에는 도보로 이용할 수 있는 채식 전용 마트가 있어서 대체육을 구하기는 별로 어렵지 않았다. 사육장에 가둬진 삶도 없고 성장 촉진제도 없고 피도 없고 무엇보다 절망이 없는 고기. 비록 희망을 먹을 수 있는 방법은 없더라도 공장식 축산업의 절망적인 삶으로부터 태어난 고기를 먹고 싶지는 않았던 나에게 콩단백질이나 쌀, 밀로 만든 각종 채식용 고기는 그야말로 신세계였다. 다만 채식 고기를 먹을 때마다 역시 진짜 고기가 아니기에 맛과 향에서 느껴지는 묘한 위화감은 어쩔 수 없었다.

이번에 버거킹에서 플랜트 와퍼가 출시되었을 때 나는 무척 놀랐다. 내가 한창 채식을 할 당시 채식은 비주류였고, 콩고기는 맛없지만 그럭저럭 먹을 만한 것이었다. 그런데 세계적인 버거 프랜차이즈에서 채식 고기를 활용한 햄버거가 출시되다니. 10년이면 정말 세상이 많이 바뀌긴 바뀌는구나.

그러나 이번에 내가 플랜트 와퍼를 먹으러 간 것은 단지 채식을 하던 시절을 떠올리며 향수에 젖어보기 위해서만은 아니었다. 가장 큰 이유는 바로 내가 비욘드 미트의 주식을 소유한 주주이기 때문이었다. 인류의 지속 가능한 삶을 위해 식물성 육류를 개발하는 비욘드 미트라는 회사의 비전을 믿고 가치 투자 중인 주주로서 대체육이 어느 정도까지 발전했는지 그 현주소를 직접 체험해보고 싶었다.

주식과 관련된 대가들의 책을 보면 거의 항상 공통적으로 나오는 조언이 있다. '행동하는 투자자가 되라'는 것이다. 단순히 원거리에서 기사나 분기 보고서, 애널리스트들의 리포트만 볼 것이 아니라 자신이 주주로서 투자 중인 기업을 직접 방문해보거나 주주총회에 참석해서 질문이라도 하나 던져보라는 것이다. 그런 식으로 어떻게 해서든 본인이 투자한 회사와 지독하게 엮여보라고.

그러나 나처럼 직장에 다니면서 투자를 병행하는 경우에는 그렇게 본격적으로 행동하는 투자자 루트를 타는 것이 조금 어려울 수 있다. 개미 투자자가 뭐 어디 가서 기업 탐방을 요구할 수 있는 규모의 시드 머니로 투자하는 것도 아니고, 어쩌다 기

업들이 주최하는 주주 초청 행사들에 초청된다 해도 다 따라
다닐 수 있을 만큼 시간 활용이 자유로운 것도 아니다. 그러니
작고 귀여운 시드로 투자하는 작고 귀여운 투자자인 내가 할
수 있는 최대의 행동은 결국 이렇게 가치를 담아 소비하는 행
위가 아닐까.

내가 비욘드 미트에 투자한다고 하면 누군가는 "너 그거 한
번 먹어는 보고 투자하는 거니? 먹어보면 투자하고 싶은 생각
이 안 들 텐데"라며 비웃기도 한다. 그럴 때 나는 이렇게 대답
한다.

"네, 저는 먹어보고 투자하는데요."

버거킹의 플랜트 와퍼가 딱 내가 투자 중인 비욘드 미트사의
제품을 사용한 것은 아니지만 그래도 상관없다. 대체육 시장은
이제 초기 단계이기에 일단은 어디서든 화제를 일으켜 시장 전
체의 파이를 키우고 관심을 끌어모으는 게 중요하니까. 그러니
결국 이 시점에서 내가 대체육 가치 투자자로서 할 수 있는 가
장 적극적인 행동은 어디서 대체육 관련해서 뭔가를 출시했다
고 하면 제일 먼저 달려가서 기꺼이 내 돈을 내고 사 먹는 소비
자가 되는 것이다.

가치 투자를 완성시키는 방법은 결국 이렇게 내가 먼저 솔
선수범하여 가치 소비자가 되는 것이 아닐까. 어차피 나중에

는 고기든 대체육이든 다 '고기서 고기'가 될 거 아닌가. 그러니 궁금하다면 일단 한번 먹어보는 수밖에. 그리고 그렇게 먹어보는 데에서 그치지 않고 대체육 시장의 트렌드에도 계속해서 관심을 가지고 쫓아가볼 것이다. 지금도 꼭 식물성이 아니더라도 대체육을 만들어낼 수 있는 방법들이 있다는 것을 안다. 곤충을 원료로 쓴다거나 동물 세포로 배양육을 만드는 등의 다양한 방식들 말이다. 대체육 시장은 길게 보면 아직도 초기 단계에 불과하기에 얼마든지 하루아침에 기존의 상식을 깨는 새로운 방법이 나올 수 있다. 그런 의미에서 최근에는 곰팡이 고기에 조금 기대를 걸어보고 있기도 하고.

나는 가상 지구에 투자한다

최근 지인의 추천으로 〈어스 2〉라는 가상 부동산 투자를 시작했다. 〈어스 2〉는 현실의 지구를 그대로 본떠 가상의 지구를 만들고 그 지구의 땅을 정방형으로 나눠 구획화한 다음, 타일 단위로 가상 토지의 소유권을 판매하는 메타버스 게임이다. 언뜻 그 개념이 이해가 가지 않을 수도 있다. 가상의 땅을 만들어서 판매한다니. 현대판 봉이 김선달도 아니고 너무 황당하지 않은가?

나는 그런 의문을 잠시 접어두고 미지의 대륙을 찾아 떠난 콜럼버스처럼 기꺼이 가상의 신대륙을 개척하는 모험가가 되기로 결심했다. 불과 몇 달 전까지만 해도 나도 내가 이른바 '메타버스'라는 세계에 이렇게 느닷없이 뛰어들게 될 줄은 꿈에도 몰랐다. 그러나 〈어스 2〉를 통해 나는 이제서야 비로소 메타버스라는 새로운 시대의 네이티브가 된 것 같은 느낌이 든다.

가상 부동산 투자에 대해 지인들에게 밝히면 그들은 "그거 폰지 사기 아냐?", "위험하지 않아?", "돈만 날리는 거 아냐?"라며 이런저런 우려를 표한다. 그런 그들의 표정을 보다 보면 가끔은 나 스스로도 궁금해진다. 주식도 코인도 안전 지향으로 쪼개서 잔잔바리로 분할 매수, 매도하는 작고 귀여운 심장의 소유자인 내가 어떻게 이런 과감한 결정을 할 수 있었던 것일까?

곰곰이 생각해보면 그 기저에는 최근 핫한 가상화폐 시장에 너무 늦게 뛰어들어 좋은 시기를 놓쳐버렸다는 아쉬움이 깔려 있는 것 같다. 누가 10년 전에 내게 비트코인이라는 것이 있다고 말해주었을 때, 2018년 시즌 1 종료 후 찾아온 폭락장에 혹은 2020년 가을, 아니 연말에라도 가상화폐 투자에 뛰어들었다면 어땠을까 하는 그런 아쉬움과 소외감 말이다.

그에 비해 〈어스 2〉는 2020년 11월에 론칭한 서비스로 아직 1년도 채 되지 않은 서비스라는 점이 마음에 들었다. 비록 후발주자나 다른 유사 서비스들도 준비 중에 있지만 아직까지는 〈어스 2〉가 리더 격의 서비스인 데다 이미 세계적으로 40~50만 명 정도의 초기 유저를 확보하기도 했다. 설령 내 초기 투자금 전액을 날릴 가능성이 있더라도 일단 세상에 없던 전혀 새로운 개념을 창조해낸 어떤 서비스의 초창기에 베팅해보고 싶다는 생각에 과감히 투자하기로 결정한 것이다.

그렇게 몇 달 정도 〈어스 2〉를 플레이해본 후의 소감은……, 확실히 초기 단계라 그런지 아직은 운영진이 내세우는 비전보다는 다소 소박하고 허술한 느낌이 있는 것 같다. 적어도 지금 단계에서는 이 가상 부동산을 투자라는 거창한 개념보다는 '레알 팜(게임 속에서 농사를 지으면 실제로 재배한 농작물이 집으로 배달 오는 형태의 게임)'처럼 '땅따먹기 하다 보면 돈도 좀 벌 수 있는 게임'이라고 보는 게 맞는 것 같다.

이렇게 말하는 나도 가상 지구의 땅을 몇 군데 사놓기만 했을 뿐 매일 들여다보고 그러는 것은 아니다. 다만 가끔 가다 한 번씩 들어가봤을 때 얼마 안 되는 토지세(Land Income Tax라 하며, 〈어스 2〉 내에서 해당 국가의 토지가 거래될 때마다 해당 국가의 토지 소유주에게 분배되는 수익)가 착실히 들어와 있는 것을 보면 왠지 모르게 뿌듯한 정도?

극초기 단계의 서비스이기 때문에 이런저런 뜬소문들도 많고 앞으로 이 서비스가 어떻게 발전해나갈지에 대한 다양한 의견도 존재한다. 예를 들어 어느 날 갑자기 〈어스 2〉 안에 특정 가상화폐를 차용한다는 루머가 돌기 시작하면서 해당 가상화폐의 가치가 급상승하는 식이다. 그만큼 이런저런 정보에 휘둘릴 가능성이 농후하며 리스크도 무한한 경우의 수로 존재한다. 그러나 뭐 어떤가, 고작 100만 원인데. 8년 차 직장인인 내 입장에서 한 달 치 월급도 아니고 이 정도의 금액으로는 한번 도전해볼 수 있는 것 아닐까.

사실 가상 부동산 투자로 내가 당장 큰 수익을 보고 있는 것은 아니다. 그렇지만 나는 가상 부동산 투자를 통해 주식이나 코인처럼 바로 손에 쥘 수 있는 수익 그 이상의 어떤 것을 분명히 얻고 있다고 생각한다.

일례로 나는 〈어스 2〉를 하면서 그리고 세계의 〈어스 2〉 유저들을 팔로우하고 접하면서 그들에게 다양한 지적 자극을 받고 있다. 이미 메타버스 세상을 살아가고 있는 사람들의 기발하고도 참신한 아이디어들은 대부분 현실 세계의 인간관계에서 나눌 수 있는 대화의 수준을 초월한 것들이다.

이 게임을 하는 유저들은 각종 커뮤니티에 모여 가상 지구의 세계를 더 잘 개발하기 위한 방안을 적극적으로 논의한다. 가상 지구에서 사람들이 어떤 것들을 하고 싶어 할지라든가, 페이즈 2의 자원 개발 단계를 대비해 가상 지구에서 유용하게 쓰일 자원에 대해 토론을 나누기도 한다. 현실의 친구들과는 도저히 나눌 수 없는 뜬구름 잡는 대화가 이 가상 지구에 함께 발을 들여놓은 유저들 사이에서는 마치 부동산 시장이 앞으로 어떻게 흘러갈지 논의하는 것과 같은 지극히 생산적인 토론이 되는 것이다.

특히 내가 흥미를 느끼는 것은 〈어스 2〉가 제시하는 궁극적인 비전이다. VR 기술을 활용하여 사람들이 페이즈 1~페이즈 2를 거쳐 가상 지구에 창조한 세계를 본격적으로 누릴 수 있게끔 하는 것이다. 마치 영화 〈레디 플레이어 원〉에서 사람들이 매일같이 접속하는 '오아시스'라는 가상현실 세계 처럼 말이다.

나는 가상 지구에 투자한다

솔직히 나는 이전까지는 VR에 대해 그다지 관심이 없었고, VR로 인해 얻을 수 있는 경험에 대해서도 그다지 긍정적인 입장은 아니었다. 뭐든지 현실에서 직접 경험해야만 의미가 있다고 생각했기 때문이다.

그러나 〈어스 2〉에 유저로 참여하면서 〈어스 2〉의 비전과 그에 따른 유저들의 다양한 의견들을 보면서 VR을 보다 직접적으로 나의 니즈와 연관시켜 유용성의 관점에서 들여다보게 되었다.

예를 들어 지금 〈어스 2〉에 사둔 가상 땅을 관광지로 개발하여 나중에 VR로 방문해볼 수도 있지 않을까? 직접 방문이 아닌 가상현실 방문이 무슨 의미가 있겠냐고? 글쎄, 그런 질문을 하는 것 자체가 이미 좀 촌스러운 것이 되지 않았나.

회사에 휴가를 내지 않아도 열세 시간이 넘는 비행을 하지 않아도 각종 질병의 위험이나 언어의 제약도 받지 않고, 치안이 다소 좋지 않은 지역이라도 VR 장비로 내가 원하는 여행 장소로 바로 순간 이동 할 수 있다면? 꼭 '진짜' 여행만을 고집하지 않는다면 가상현실 속에서 사는 게 뭐가 나쁠까?

만약 〈어스 2〉에 투자를 하고 있지 않았다면 어쩌면 나는 영영 VR에 대한 막연한 거부감을 극복하지 못하고 다가올 미래에 대한 기대감을 전혀 느낄 수 없었을지도 모른다. 아무리 허무맹랑하게 느껴지더라도 이미 가상 지구에서의 날들을 꿈꾸며 토지를 확보하는 사람과 그렇지 않은 사람의 상상에는 명확한 차이가 있을 수밖에 없지 않을까.

그런 걸 보면 '일단 단돈 만 원이라도 내 돈을 넣어야 뭐라도 생각하게 된다'는 것은 역시 투자에 있어서 진리인 것 같다. 주식도 코인도 그래서 일단은 뭐라도 사놓고 시작하라고 하지 않던가. 어차피 메타버스가 미래에 다가올 수밖에 없는 거대한 흐름이라면 나중에 뭐가 닥쳐오든 미리미리 생각해보고 공부해보는 게 좋지 않을까?

가끔 가상 부동산 투자를 사기라고 주장하는 사람들은 현대판 봉이 김선달이라는 말을 하지만, 봉이 김선달을 안 좋게만 볼 게 있나? 물건을 사고파는 거래는 현재에서 이뤄지지만 투자는 원래 그 자체가 철저히 미래적인 개념이다. 어떤 비즈니스든 결국 투자라는 것은 비전에 투자하는 것이기 때문이다. 그런 점에서 따져보면 굳이 〈어스 2〉가 아니더라도 봉이 김선달 같은 사업은 세상에 얼마든지 있다. 남은 것은 단지 본인이 그 비전에 동의하는지 기꺼이 그 위험 부담을 짊어질 것인지에 대한 선택뿐이다.

진짜 최악의 경우 투자했던 돈을 다 잃고 이것이 결국 쓰디쓴 실패의 경험으로 돌아온다 하더라도 그것이 크게 문제일까 싶다. 이 경험을 통해 결국 내게 가장 큰 자산으로 남을 것은 초기 투자금 100만 원에서 파생된 수익이 아니라 필연적으로 다가올 미래에 대해 남들보다 조금 앞서서 끊임없이 상상하고 고민했던 경험들이 될 것이기에.

가상 지구는 어쩌면 나를 포함한 많은 이들에게 인생을 리셋하고 현실에서 포기했던 꿈을 다시 시작할 수 있는 장소가 되어주지 않을까. 언젠가 모든 이들이 두 개의 지구에 살게 될 미래에 대해 생각하며 나는 두 배의 꿈을 꾼다.

셋째 며느리처럼 투자하라

삼세번이라는 말이 있어서인지 한국 사람들은 셋째를 참 좋아하는 것 같다. 최 진사 댁은 셋째 딸이 제일 예쁘고, 전래동화에서는 셋째들이 가장 지혜롭다. 어린 시절에 읽었던 그런 전래동화들 중에 경제와 관련해서 인상 깊었던 이야기가 하나 있다. 바로 〈며느리와 벼 이삭〉이라는 전래동화다.

옛날 옛적에 한 마을에 할아버지와 세 아들이 살았다. 할아버지는 논밭을 어느 아들에게 물려줄지 결정하기 위해 며느리들을 대상으로 테스트를 감행하기로 결심한다. 그래서 며느리들에게 각각 벼 이삭을 하나씩 주고 3년이 지난 뒤 그 벼 이삭으로 무엇을 했는지를 물어본다. 첫째 며느리는 벼 이삭을 받은 날 밥을 지어 먹었다고 답했고, 둘째 며느리는 처마 밑에 그대로 매달아두었다고 답한다. 여기서 K-전래동화 특유의 셋째 편애가 시작된다. 셋째 며느리에게 그때 주었던 벼 이삭이 어디 갔냐고 물었더니 난데없이 황소 한 마리를 데려온다. 그녀는 할아버지가 준 벼 이삭을 미끼 삼아 참새를 잡고 그 참새를 달걀과 바꿨으며 달걀을 부화시켜 닭으로 만들었다. 그 암탉이 꾸준히 달걀을 낳고 점점 닭들이 늘어나면서 그것을 돼지로 바꾸고, 돼지가 새끼를 낳자 그것을 또 소로 바꾼 것이다.

벼 이삭을 받은 날 홀랑 먹어버린 첫째 며느리는 아마 돈을 받은 즉시 써버리는 사람을 의미할 것이고, 벼 이삭을 보관했다

그대로 가져왔다는 둘째 며느리는 요즘으로 치면 금고에 넣었다가 그대로 다시 가져온 것으로 볼 수 있을 것이다. 원금을 잃지 않은 것은 다행이나 조선 시대의 물가 상승률이 지금처럼 높지 않기를 바랄 수밖에 없다. 결국 이 이야기의 핵심은 3년이라는 시간 동안 부지런함과 꾸준함, 영민한 머리로 벼 이삭 하나를 소 한 마리로 바꿔놓은 셋째 며느리의 재테크 무용담이다. 그녀의 투자는 현대적 관점에서 비유하자면 마치 대출 끼고 산 10평대 아파트에서 시작하여 차근차근 60평대 아파트까지 옮겨 간 부동산 투자 성공 신화 같다고 해야 할까?

결국 이 K-전래동화로부터 얻을 수 있는 교훈은 돈은 결코 가만히 두면 안 된다는 것이다. 부를 지키기 위해서는 부지런히 노력하고 궁리해야 한다. 투자라는 것을 해야 한다. 그리고 때를 기다렸다가 적절할 때 자산을 갈아타야 한다.

이런 전래동화들을 어릴 때는 마냥 재밌는 이야기로만 읽었었는데 이젠 이렇게 새롭게 다가오는 걸 보면, 나도 완전 돈에 미친 어른이 다 된 것 같다. 오랜만에 한번 《탈무드》를 다시 읽어볼까 싶다. 지금이라면 좀 잡아낼 수 있지 않을까? 어릴 때는 미처 생각하지 못했던 경제적 관점의 포인트들을 말이다.

에필로그

수익률의 기쁨과 슬픔

평탄한 삶이 좋다. 그러나 나는 평탄한 삶을 입으로만 추구한다. 내가 진정으로 내면이 평탄한 삶을 추구한다면 지금 이렇게 주식 투자를 하고 있을 리가 없다. 일희일비 맥스인 이 세계에서 나는 속절없이 휘둘린다. 근데 좀 미친 것 같은 게 나에겐 이런 감정의 휘둘림이 필요하다. 사실 나는 내심 언제나 이런 것을 기다려왔던 게 아닌가 하는 생각까지 들 때도 있다.

성인이 되면 쉽게 화낼 일도, 슬퍼할 일도, 기뻐할 일도 없다고들 한다. 또 어른이 될수록 표정을 숨기고 속마음을 읽히지 않아야 된다고도 한다. 투자의 세계는 내가 그런 어른의 억압에서 벗어날 수 있는 몇 안 되는 세계다. 투자할 때만큼은 나는 마치 다시 아이가 된 것처럼 익절에 마음껏 우쭐하고 자랑하며 피치 못할 손실은 단전에서부터 올라오는 깊은 슬픔으로 애도한다. 그놈의 숫자가 뭐길래, 하루에도 몇 번씩 오르락내리락하는 차트를 따라 오르내리는 내 감정의 바이탈 사인이 오늘도 내게 살아 있음을 느끼게 한다.

이 책은 진정한 의미에서의 초보 투자자가 맨땅에 헤딩하며 느꼈던 이야기를 담은 투자 잡설이다. 굳이 말하자면 〈개미는 오늘도 뚠뚠〉의 멘토 선생님들이 아닌 노홍철, 김종민, 딘딘 같은 출연진이 쓴 책이라는 느낌? 역사로 치면 정사가 아닌 야사의 느낌이랄까.

그래도 나름대로 책 홍보에 뭔가 써먹어야 하는 게 아닌가 싶어서 2021년 6월 30일까지 6개월간 벌어들인 수익을 찾아보니 실현수익이 총 120만 원밖에 안 되더라. 잠시 현타가 왔다. 이런 내가 책을 내도 되는 걸까. 나 같은 사람이 투자하는 얘기를 누가 재밌다고 봐주겠나.

실제로 막상 원고를 다 써놓고 보니 정말 투자에 도움 되는 정보는 없고 온갖 잡설만 늘어놓은 것 같다. 그런데 솔직히 이게 당연한 거 아닐까? 나는 이제 투자를 시작한 지 1년 조금 넘은 데다 누구한테 제대로 배워본 적도 없는 무근본 초보 투자자인데. 돈도 많이 못 벌었고 이 세계의 네임드도 아니지 않나. 오히려 최근에는 코인으로 죽을 쑤고 있다. 그러니 내가 뭔가 유용한 정보를 제공할 수 있다고 한다면 오히려 그게 더 사기가 아닐까 싶다. 고로, 마무리하는 이 시점에 뻔뻔하게 예상해보건대 이 책을 집어 든 사람들도 아마 그런 걸 기대하진 않았을 것이다.

혹시라도 투자에 도움이 될 만한 팁을 얻고자 했다면 이 책은 정말로 유용하지 않다. 왜냐, 저자이자 투자자인 나도 아직 헤매는 중이니까. 고집도 세고 남의 말 듣기도 싫어하는 나는 내 방식대로 이거저거 하나씩 건드려보며 방법을 찾아가는 중이니까. 대신 이 책에는 나의 마음이 들어 있다. 주식에, 코인에 투자하는 나의 작고 귀여운 마음. 무슨 일만 생기면 위아래로 한없이 가볍게 파닥이던 나의 일희일비 맥스의 순간들 그리고 그때마다 내가 느끼고 생각했던 것들을 솔직한 날것의 언어로 담았다.

감히 누군가를 가르칠 내공이 있는 사람이 아닌 나는 그저 투자를 하는 동안 내게 있었던 에피소드와 생각들을 웃픈 마음으로 기록할 뿐이다. 그리고 그 이야기들에 담긴 나의 일희일비 맥스의 감정들이 누군가에게 재미를 느끼게 할 수 있다면, 누군가 이 책을 읽고 '아, 이거 뭔가 웃긴데 짠해. 짠한데 웃겨' 라고 나의 일희일비에 공감해줄 수 있다면 그것만으로도 나는 충분할 것 같다.

오늘도 스스로의 감성과 직관을 믿으며 용감하게 투자하는 모든 개미 투자자들을 응원한다. 앞으로 걸어갈 투자의 길 위에서 느끼게 될 희로애락은 결국 어떤 식으로든 우리의 인생을 더욱 풍부하게 하는 양념이 되어줄 것이다. 그러니 맘껏 일희일비해도 괜찮다. 적어도 일희일비할 에너지가 남아 있다는 것은 우리가 오늘도 내일도 그 이후의 날들도 포기하지 않고 살아갈 수 있다는 증거니까.

돈이 있었는데요, 없었습니다

초판 1쇄 인쇄 2021년 10월 6일 **초판 1쇄 발행** 2021년 10월 13일

지은이 설인하
펴낸이 이승현

편집1 본부장 배민수
에세이3 팀장 오유미
기획 편집 이선희
디자인 하은혜

펴낸곳 ㈜위즈덤하우스 **출판등록** 2000년 5월 23일 제13-1071호
주소 서울특별시 마포구 양화로 19 합정오피스빌딩 17층
전화 02) 2179-5600 **홈페이지** www.wisdomhouse.co.kr

ⓒ 설인하, 2021

ISBN 979-11-6812-022-8 03810